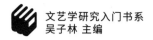

文艺学研究入门书系

吴子林 主编

W ESTERN
LITERARY
CRITICISM

西方文论

金雯◎著

浙江工商大学 出版社 | 杭州

ZHEJIANG GONGSHANG UNIVERSITY PRESS

图书在版编目（CIP）数据

西方文论 / 金雯著. -- 杭州 : 浙江工商大学出版社，2025.5. --（文艺学研究入门书系 / 吴子林主编）. -- ISBN 978-7-5178-6395-3

Ⅰ. I109

中国国家版本馆 CIP 数据核字第 2025JP4907 号

西方文论
XIFANG WENLUN

金 雯 著

出 品 人	郑英龙
策　　划	任晓燕　陈丽霞
责任编辑	熊静文　张婷婷
责任校对	韩新严
封面设计	朱嘉怡
责任印制	屈 皓
出版发行	浙江工商大学出版社
	（杭州市教工路 198 号　邮政编码 310012）
	（E-mail：zjgsupress@163.com）
	（网址：http://www.zjgsupress.com）
	电话：0571-88904980，88831806（传真）
排　　版	杭州浙信文化传播有限公司
印　　刷	杭州高腾印务有限公司
开　　本	880 mm × 1230 mm　1/32
印　　张	6.125
字　　数	111 千
版 印 次	2025 年 5 月第 1 版　2025 年 5 月第 1 次印刷
书　　号	ISBN 978-7-5178-6395-3
定　　价	32.00 元

总　序

主编这套书系的动机十分朴素。

文艺学在文学研究中一直居于领军地位，对于文学研究的各个领域有着重要的方法论意义。然而，真正了解文艺学研究现状及其态势者并不多。出于实用主义的考虑，大多数文学专业的本科生、研究生并未能较为深入地理解和把握"批评的武器"。为了满足广大文学爱好者、研究者的理论需求，我们组织编写了这套"文艺学研究入门书系"。

"文艺学研究入门书系"共10本，分别是《马克思主义文学理论》《文学基本理论》《中国古代文论》《西方文论》《比较诗学》《文艺美学》《艺术叙事学》《网络文学》《媒介文化》《文化研究》。这套书系的作者都是学界的中坚力量，他们在各自的领域深耕细作数十年，对其中的基本概念、范畴、命题，以及研究论题、研究路径、发展方向等都了如指掌，并有自己独到的见地。

"文艺学研究入门书系"旨在提供一个开放的思想／理论空间，每本书都在各章精心设计了"研讨专题"，还有相关的"拓展研读",以备文学爱好者、研究者进一步阅读、探究之需,以期激活、提升其批判性的理论思维能力。

"文艺学研究入门书系"重视理论的指导性与实践性,在叙述上力求简明扼要、深入浅出,努力倡导一种学术性的理论对话,在阐释各种理论的过程中,凸显自己的"独得之秘"。

我希望"文艺学研究入门书系"的编写、出版对广大文学爱好者、研究者有所助益。让我们以昂扬奋发的姿态投身于这个沸腾的时代,用自己的双手和才智开创文艺学研究的美好未来。

是为序。

吴子林

2024 年 5 月 22 日于北京不厌居

目 录 //*Contents*

第一章
/Chapter 1/

语言转向：文学性
与文学语言

　　一本有关西方文论的入门书不能只谈西方文论。有很多文学研究的初学者在接触文论的时候不清楚它与文学是什么关系，写论文的时候急着寻找理论工具，而不是寻找思想。这样来写论文，实际效果往往等于把简单的道理用理论术语转述，或者用理论代替思考。如此使用文论，对文学不利，对文论也不利。谈文论，最好在实战语境中谈，围绕理论与文学研究的关系来谈。即使单纯研究文论，不具体牵涉文本分析，联系文本来看理论也会帮助研究者对其形成更深的理解。

　　因此，这本小书旨在从文学研究的实践需要出发来讨论西方文论，帮助文学研究初学者规避理论脱离文学思考的困境。这可能也是本书在思路上区别于其他不少西方文论教材之处。不论如何变幻，文学研究总是包括三个基本组成部分，即对文本所使用的语言细节做出分析，挖掘文本中蕴含的理论思维，以及考察文本与其所处历史语境的勾连。如何处理这三个任务之间的关系是本书主要梳理和探讨的问题，厘清这个问题后，理论在文学研究中到底行使什么样的功能，答案也就水到渠成了。

为什么文学研究需要兼顾语言分析、理论使用和历史梳理这三个任务呢？因为对我们来说，文学研究的目标是文本阐释，即对文本提出有新意且让多数读者感到有说服力的解读，而文本阐释至少有以下几个环节：

第一，在阅读中产生具身感受、回忆和联想，分析出文本的一些明显的主题和形式特征（比如反复出现的意象、场景、人物特征及其描写方法、时空架构、叙事者或言说者与读者交流的方式等）。要注意，主题和形式特征往往是难以分离的，也不应该被人为分离。

第二，重读文本，挖掘文本中各种明显和不明显的指涉，钩稽这个文本所对话的其他文本，包括理论、与文学相邻的其他话语体系（医学、法学、政治理论、情感理论等），给手头的文本搭建一个"语境"。这个过程可以类比给一首曲调进行编曲或重新编曲的过程。

第三，在这个"语境"的观照下，对文本细节进行归类和分析，围绕其中特别有趣和意义不明的细节提出问题：作者为什么要这么写？这些细节之间有什么关联？是什么话语体系催生或影响了它们？它们又如何回应这些话语体系？表达了什么样的思想和情感？文学作品的诸般细节不是一个与外界绝缘的头脑的独创，一定是汇聚在这个作家头脑中的所有话语体系互相冲撞融合而形成的复调音乐。

第四，从这些总体性问题入手，在自己的兴趣和比较熟悉的理论的牵引下，确定一个可以深入研究的具体的文学问题。比如我们对《荒凉山庄》中的法律问题感兴趣，那么可以询问：这部小说如何通过一段法庭纠纷呈现 19 世纪维多利亚时期英国衡平法的弊端及其对阶层关系产生的影响？我们也必然需要提出另外一两个与之相关的问题以拓宽阐释思路，比如我们可以问：小说中的法律纠纷与家庭关系描写有什么关联？这部小说是否暗示了这些弊端的解决方案？所谓文学问题，从最抽象的层面来说，都与语言、意识（人性）和社会三者之间的关系相关，大多是这个主流中的支流。

第五，结合与上述文学问题相关的理论（比如法学、文学与法律关系理论等），完善之前给文本搭建的"语境"，开始解答我们提出的问题。即在文本的具体段落之间做出创造性的连接与整合，借助理论工具对文本与历史语境的对话关系进行分析，也同时对理论做出补充修正。

实际阐释的过程要比上述步骤复杂得多，也不一定按照这个顺序进行，但一定包含细读、理论思维和语境构建这三个部分。我们以《百年孤独》为例，在阅读过程中，读者可能同时观察到很多主题，并与它们产生强烈的情感共鸣。比如，孤独、魔幻情节、失忆、家族乱伦、内战、拉美殖民历史、美国资本的渗透和本地工人的反抗等主题。我们在阐释的时候或许不能勾连这么多主题，但至少可以在部分主题之间建立关联。比如，我们可以询问三个相互勾连的问题：小说中反复出现的记忆主题与孤独主题有什么关联，两者与书中有关殖民历史和全球化的描写有什么关联？小说如何响应和回应 20 世纪 60 年代前后拉美地区的后殖民经济思想？为何使用魔幻笔法描写布恩迪亚家族的灭亡，这暗示了一种什么样的政治视野？

抽象地说，所有这些问题都指向类似的方向，即这部小说的不同主题——写作、记忆、孤独（以及各类情感障碍）之间有什么关联？这些主题为什么会出现？如何与被全球化围绕的拉美社会境况对话？如何在这种对话中构成自身？它们暗示了对历史和社会怎样的反思？更抽象地说，这些问题都导向一个更大的问题：《百年孤独》如何以叙事的方式回应和干预人性与人类社会发展的历史，以及如何反思自身这种干预机制？

对这些问题进行解答，提出有价值有新意的文学阐释，需要我们综合和穿插文本细节分析，文本与其历史语境的互文研究，以及理论框架的搭建，因此语言、理论和历史是三个不可分割的关键词。这里我们先简短解释理论、历史和文学三者的含义，再在随后的正文中展开说明这三个不同的阐释维度有何内涵，如何贯通。

首先，理论是什么？在前面勾勒的文本阐释步骤中，我们可以看到提出和解答文学问题都需要理论作为指引，文学阐释者的问题意识与其理论视野有着紧密的关联。理论可以从两个维度上进行分类。从学科上来说，有专门探讨文学语言特征与难度的文学理论，也有针对与文学相关的两个主要节点——人类意识和社会的理论。从抽象层级上来说，可以分为基本原理和对具体问题进行探讨的中层理论。比如我们有分析话语和权力关系的宏观理论，也有论述性别话语，甚至某一时代、某一场景、某一媒体平台上性别话语的具体理论。这些理论是我们分析文本细节的工具，也是我们通过文学阐释要对话和修正的对象。

至于理论的功用，我们一开始就使用了一个比喻，认为文学解读是给文学作品设定框架的过程，也是"编曲"的过程。不过理论并不能单独构成文本阐释的框架，历史语境是另一个不可或缺的要素。我们只有理解文本与其历史语境的对话，才能明白文学的生成和作用机制。

必须强调，理论与历史是难以分割的。有很多理论关乎具体历史阶段，如后殖民理论、现代性理论等，它们无疑离不开历史，而即便是看上去有去历史化倾向的宏观理论，如结构主义、解构主义和精神分析理论，也都是在具体历史语境中孕育而生的，且都包含对语言、意识与历史三者关系的系统性论述。由于理论与历史的内在关联，两者在我们建构文学问题的过程中同时占据非常关键的地位。比如研究莎士比亚，我们就必须考虑为什么当时英国戏剧会在城市中流行，它在呈现现实中人和社会的关系方面与中世纪戏剧有什么区别。而这些问题无疑嵌套着理论问题，包括虚拟现实与现实的关联：作为虚拟现实的文学文本到底在什么意义上有可能呈现现实？又在什么意义上可以干预现实和形塑现实？所以我们在研究莎士比亚或任何一位重要作者的时候，都需要将历史思维和理论思维进行灵动的整合与捏塑。

其次，历史是什么？这个概念至少有两种含义。一种指被记载下来的真实发生的事件，真实存在过的人物、制度和文化等，其真实性不存在过多争议；还有一种以书写和叙事的形式出现，明显具有阐释性和主观性，也尚没有得到普遍的认可。这两种历史很难完全区分，没有本质差异，即便是今天看来不可置疑的事实也可能会在未来被推翻，而今天有争议的话语也可能会在将来的某一时刻成为共识。说到底，这两种历史都仍然是话语，并不是人们的普遍认知。所以，当我们援引历史著作中的基本事实和数据的时候（比如莎士比亚的出生地在哪里，大致有多少人口），要尽量严谨，也要心存警惕；当我们讨论作为叙事的历史时，也不要忽略它对过去和当下许多读者而言是真实的，具有强大的感召力，需要认真地拆解和分析。

再次，文学或文学性语言是什么？所谓文学，当然没有定论，简单来说，它是一种自然语言的使用方式，它具有形式自觉性，有意识地向某种体裁和写作规范靠拢，甚而有意识地改变语言的常见用法，使之具有陌生效应。18世纪晚期以来，文学（literature 及其各欧洲语言的变体）开始表示具有想象力和创造力的写作体裁，这个意义从该词的其他意义如"学问""阅读技巧"和"书籍特质"中分化出来，狭义的文学观念在浪漫主义时期定型，此后便与更宽泛的意义并行。[①] 不过，其实在这个狭义的文学概念出现之前，epic、poetry、romance、fiction、drama 等词都表示讲究形式的语言形式，只不过在18世纪和19世纪之交之前的修辞性表达不一定强调原创，强调的反而是继承、模仿、受更高力量的驱使和与听众的交互。不过，我们仍然可以说，基本符合现代意义上文学定义的口头表达和写作样式远早于这个概念出现。被归于文学的语言样式不断变化，不过这些口头表达和写作样式之间仍然有一些共通的属性。这些作品有时候是日常语言的一部分或与之接近，有时候又明显与之区分，需要更艰深的语言训练；不过它们都体现了形式自律，有意识地使用语言的声音、修辞和句式等形式特点来移情、教化、消遣、袒露内心、讽刺或隐晦地表达某种意义。我们在第一章中会从文学性角度来进一步审视何谓文学这个问题。

---

① 雷蒙·威廉斯：《关键词：文化与社会的词汇》，刘建基译，生活·读书·新知三联书店 2016 年版，第 318 页。

总之，所谓文学阐释，需要一种糅合分析和综合能力的思维方式以及清晰、有逻辑又柔韧的表述。刚刚起步的阐释者往往从掌握现成的程式入手，在不断操练的过程中培育出某种"阐释感"（类似"语感"），最终不仅可以凭借直觉找到阐释的最佳路径，而且有可能创造新的阐释方法和范式。我们进入"阐释的圆环"——从读者的主观经验和理论出发最终抵达对原先经验和理论的修正，就是因为这不是一个封闭的圆环，更像是不断旋转的头脑风暴，与外在于头脑的历史和政治风暴不断交接又分离。

言及此，文学文本阐释的重要性也呼之欲出了。之所以有那么多人被这项事业吸引，是因为它具有非常重要的功能：反思人类文学创造的条件和意义；回应人类社会的根本问题（语言、人类意识和群体历史的关系）；进行文学文本的再创造，由此增进作者与读者之间以及不同读者之间的交流，重塑社会样态。文学作品是一种特殊的观念史和文化史，与历史的其他所有支流都有着紧密的关联。

接下来我们就围绕文学研究的三个支点——语言、历史和理论展开对文学阐释方法的具体介绍。粗略来说，20世纪以来文学研究依次出现了三种思路：第一种是考察文学语言的特性；第二种是探究文学如何受社会历史的影响又对其产生反作用；第三种思路与第二种一脉相承，也同样关注文学与历史的互动关联，只是将历史的概念从社会扩展至人的内心，考察文学与真实存在、有限而受困于肉身中的人的关系。这三种思路可以被认为构成了三个阶段或"转向"，它们伴随着文学理论发展的三个阶段，受理论指引，推动了理论的进程，不过也始终以彼此交接的形式出现在文学研究的每一个时刻和经典案例中。

本章论述文学研究中的语言转向。

20 世纪 90 年代，西方文学研究全面倾向历史主义阐释，在此之前，西方文论学者和新诞生的专业性文学批评领域的批评者彼此合作，对文学语言的基本特征做了深入探讨，对文学语言能否产生稳定意义的问题进行了反复思考，我们可以将这个阶段称为文学研究的"语言转向"阶段。这段过往对历史主义文学研究范式的蓬勃发展和完善有着关键性的奠基意义。

第一节 ·
文学语言的朦胧性 ·

19 世纪和 20 世纪之交，语言文学系在西方开始出现，一些德国学者和在德国接受训练的同人主张以语文学研究（即对各类文献的历史、语言和阐释维度的综合研究）为语言文学学科的根基和正宗，主张语文学的科学化。[①] 与此同时，也出现了两种文学批评范式，即通识派和心理科学派。前者贯通古今，追索不同时期文学的道德价值，后者借用早期神经科学手段，研究文学对读者的作用。20 世纪初，"文学批评"这个新概念崛起，试图在语文学专家和注重文学社会效用的评论范式之间达成平衡。瑞恰慈在《实用批评：文学判断研究》（1929）中就认为文学阐释是读者逐渐整理混乱思绪、全面认识自己、"重新组织自己"（reorganizing ourselves）的过程。[②] 文学批评者将语文学对词源和语用的考察加以延伸扩充，创新了一系列分析诗歌语言和其他文学体

---

① Gerald Graff, *Professing Literature: An Institutional History*, University of Chicago Press, 2007, p.55.
② I. A. Richards, *Practical Criticism: A Study of Literary Judgment*, Harcourt, Brace and Company, 1929, p. 252.

裁语言的工具与方法。燕卜荪的《朦胧的七种类型》（1930）开创了对诗歌解读方法进行系统性研究的先河。燕卜荪之后，布鲁克斯、沃伦和威姆塞特等人为文学语言分析方法的建构做出了贡献，兰森的著作《新批评》（1941）还为这种分析方法提供了一个名称。"新批评"阵营由美国南方出身的学者构成，将文学语言的分析变成一种规范性程序，漠视其经世致用之功，体现了将文学与政治分离的保守主义立场，也因此偏离了瑞恰慈和燕卜荪挖掘文学语言潜能以重新组织人们惯常思维情感模式的意图，经常被后世诟病为一种将文学文本从作者生平和历史语境中孤立出来的形式主义。不过，这种策略也使文学语言的特殊性得以系统性地建构起来。

与瑞恰慈和燕卜荪差不多同时，俄国结构主义语言学家雅各布森在《现代俄国诗歌》（1921）一文中提出"文学性"概念，认为文学研究的对象并非"文学"，而是"文学性"。[①]雅各布森与瑞士结构主义语言学家索绪尔对话，试图破解文学语言这种特殊语言范畴的基本规律，引领了语言学、人类学中的结构主义思潮。虽然雅各布森与结构主义息息相关，但他并不认为语言结构能够产生确定的意义。他与燕卜荪都

---

① 冯巍：《回到雅各布森：关于"文学性"范畴的语言学渊源》，《文艺理论研究》2018年第3期，第88—97页。

对语言的多义性，即语义的朦胧性，产生了兴趣。雅各布森也在论文中明显表达了对燕卜荪的赞赏。两人的批评方法与20世纪上半叶讲究文学作品审美自律的"新批评"以及同时代出现的更具有科学旨趣的各种结构主义批评方法（如日内瓦学派、法国符号学派等）均有很大区别，值得特别关注。这与20世纪60年代开始出现的解构主义思潮也有着紧密关联。因此，我们对20世纪西方文学批评方法的解释从雅各布森开始，再讲到燕卜荪，随后说明解构主义理论对之前结构主义文学批评的颠覆。上述文学批评方法的变迁贯穿着有关文学语言特性理论的变迁，从20世纪上半叶的结构主义语言学到20世纪60年代发展起来的解构主义，再到我们可以称为建构主义的日常语言哲学。

在1960年的《语言学与诗学》一文中，雅各布森告诉我们，对诗歌的研究仍然处于一种较为彷徨的状态，不过他也对20世纪初以来的诗歌研究方法做了概述与回应，指出其与语言学联姻后实现的专业化转向。诗歌的音律、句法和意象／隐喻分析在20世纪上半叶已经有了长足发展，雅各布森对这些分析手段都进行了梳理。他特别强调，"句式和词性研究不能被一种规范性语法取代"，但与此同时，"任何语言文化都包含程序性、规划性和规范性努力

（programmatic，planning，normative endeavors）"。^① 这种认识是有前瞻性的，说明雅各布森虽然借鉴和发展了结构主义语言学，但又对"结构"保持开放的态度。"文学性"包含一系列形式特征，但并不是其机械的组合。有关"文学性"的判断，即关于一种诗性表达属于何种体裁、是否具备创意等问题的判断，取决于对众多形式特征的分析，但又往往是读者在脑海中凭长期积累的经验，综合对许多形式特征的感知而一下子给出的，必然具有某种模糊性和主观性。就好像我们看到一个画面，立刻会判断这是人物画还是风景画，是高级还是低俗，是不是容易看腻，等等。人脑对文学性和文学体裁的判断依赖长期学习而形成的思维习惯，用今天数字人文的术语来说，文学形式分析也可以被认为是一种贝叶斯概率统计，遵循一定的规律，但不能说有完全固定或清晰的标准。伊瑟尔、费希等读者反应理论代表人物认为读者的感受是意义生产的关键，这种取向与瑞恰慈在《实用批评：文学判断研究》中的主张有共通之处，与对文学形式做出细致分析的"新批评"取向并没有必然的冲突。形式分析隐含一种模糊数学，隐含着一整套有弹性的规则。文学作品的形式特征总是在与意识交接之后才生发出审美判断，这也必然是

---

① Roman Jakobson, "Linguistics and Poetics", in Stephen Rudy, ed., *Roman Jakobson: Selected Writings, Volume III*, Mouton De Gruyter, 1981, p.20.

一种基于规则的模糊系统。

回到雅各布森的论述，他在《语言学与诗学》中首先对诗歌语言的功能和形式依托做了分类解释。他指出，传统上人们认为诗歌具有指涉性（referential）、情感性（emotive）和意动性（conative）等三重功能，但语言学对诗歌语言的分析不能被这三重功能所限制，因为这种分析应注重语言发生作用的条件和过程，而不是结果。因此，雅各布森指出了语言在产生意义过程中的六个要素：

> 言说者给被言说者发送一个讯息。如若要使这个讯息有效，就需要有一个被指涉的语境（用另一种略带含混的术语来说即"所指对象"），这个语境要能够让被言说者理解，通过语言表达出来或可以被表达。它必须是全部或部分意义上言说者与被言说者共同拥有的一种编码（编码人和解码人都能理解）；最后，必须有一种接触，在言说者与被言说者之间需要有一种生理或心理上的沟通渠道和连接，让他们两者都能进入交流并维持交流的状态。[①]

从雅各布森的结构主义视角来看，相较于语境和交流双

---

① Roman Jakobson, "Linguistics and Poetics", in Stephen Rudy, ed., *Roman Jakobson: Selected Writings, Volume III*, Mouton De Gruyter, 1981, p.21.

方，在诗歌语言中讯息是最关键的，也就是说，诗歌研究的对象主要是讯息产生意义的手段和条件："对讯息本身倾斜，为了讯息而聚焦于讯息，此即语言的诗性功能。"[①] 换言之，语言的诗性功能当然包括指涉性、情感性和意动性，但还有许多其他表意维度，诗歌研究是对语言产生讯息的全部过程及其全部条件的深刻剖析。比如，语言的诗性功能也具备哲学性，会通过强化语言本身生动的可感性使之形成一个世界，由此凸显语言符号和外在客体的"根本对立"（fundamental dichotomy）。这种哲学意味是所有人类所使用语言的意义维度之一。换言之，许多语言系统都具有"诗性功能"，不过这种功能在诗歌中尤其密集和明显。

语言的"诗性功能"，即生产讯息、制造多重意义的功能，在很大程度上依赖语词之间的组合。这种组合一定会有符合常规语法之处，也必然会有溢出常规或凸显常规本身的含混性，既富有内在规律，又能制造新意。雅各布森对此有一种很有意味的描述："诗性功能将对等原则从选择之维投射到组合之维。"[②] 也就是说，语词搭配在一起往往会产生不可预测的奇妙效应，不仅是语词的各种意义维度（指涉性、情感性、意动性、思辨性等）会彼此作用，语词的声音特质

---

① Roman Jakobson, "Linguistics and Poetics", in Stephen Rudy, ed., *Roman Jakobson: Selected Writings, Volume III*, Mouton De Gruyter, 1981, p.25.
② Roman Jakobson, "Linguistics and Poetics", in Stephen Rudy, ed., *Roman Jakobson: Selected Writings, Volume III*, Mouton De Gruyter, 1981, p.27.

也会因为连缀组合而深度参与意义的生产过程。

雅各布森在《语言学与诗学》中对语言的声音性特地加以详细说明。他指出，大部分格律诗由两条声音曲线构成：一条是由语词的自然声音构成的实在曲线；一条是由诗行的格律所构成的抽象曲线。当诗歌语言符合格律的时候，两条曲线是基本重合的，实在曲线中较弱的音节会落在格律曲线中非重音的位置。俄语诗歌与很多其他欧洲语言的诗歌一样，有轻重音相交替的诗歌格律，在格律诗中一般不允许一个词语的自然重音落在本该是非重音之处。与此同时，俄语和其他语言中也有自由体诗，不设置抽象的格律要求，转而使用停顿和音调等手段来制造节奏，朗读诗歌的人根据自己的理解对诗歌声音的安排做出选择，这在很大程度上决定了诗歌的节奏。有关诗歌的声音性，雅各布森还专门提到了韵脚。他特别强调韵脚不仅通过声音的排布来产生意义，而且能以更直接的方式参与意义构建。押韵词的词义和语法功能也往往构成相似和反差的关系，在相似之中制造一种距离和弹性。

随后，雅各布森对语词的搭配和组合提出了自己的见解，将句法和隐喻等修辞手段整合在一起，将两者都归于词汇的线性排布，并借用19世纪诗人霍普金斯的话将语词的排布归类于"并列"（parallelism）的艺术。霍普金斯的诗歌向我们说明，重复的音节数、格律、头韵、准押韵、尾韵等声音规律都是"并列"艺术的体现，而这种规律在语词和思想中也有回声，体现在语义层面的并列形式上，包括"隐喻、明喻、寓言等，这些修辞手法的效果源于事物的相似性，也可见于对立、对比等经由相异性产生作用的修辞手法"①。

雅各布森特别强调，隐喻不仅是在两个语词之间建立类比和替换关系，也可以将这种关系转换为句式上的临近性，这样一来隐喻就与语词的线性排布艺术紧密相关了。他使用的例子如下：

My heart is in the coffin there with Caesar,

And I must pause till it comes back to me.②

我的心灵与恺撒一同躺在棺木中，

我只能停下脚步等它回到我身边。

在这个例子中，我等待"躺在棺木中"的心灵"回到我身边"这句话变成了我的心"暂时停止工作"的一种修辞性说法。这个隐喻的建构依靠的是语词的前后排列，而不是简单的替换（即用一个词语来代替"临时停止"）。这种充

① Roman Jakobson, "Linguistics and Poetics", in Stephen Rudy, ed., *Roman Jakobson: Selected Writings*, *Volume III*, Mouton De Gruyter, 1981, p.39.

② Roman Jakobson, "Linguistics and Poetics", in Stephen Rudy, ed., *Roman Jakobson: Selected Writings*, *Volume III*, Mouton De Gruyter, 1981, p.48.

分延展的比喻在诗歌语言中比比皆是，往往被称为"奇喻"（conceit）。我们在本章的第二节中会看到，雅各布森有关隐喻依靠语词线性排布，即与句法相关的论述后来被解构主义语言观进一步引申，后者借隐喻的变异来解构语言的"真理性"。有关线性化隐喻的论述虽然已经出现在雅各布森的语言观中，但并不具备很强的解构倾向。在《语言学与诗学》一文发表前后，雅各布森对修辞和句法的关系曾多次做出有些许差别的论述。在《语言的两个方面及两种失语症扰动》（1956）一文中，雅各布森还将隐喻与句法相区分，并提出"浪漫主义与隐喻密切相关"，而"现实主义与提喻"也有着"同样亲密的关联"。[①] 在晚些的《语法的诗与诗的语法》（1968）一文中，雅各布森则抛开隐喻，侧重谈诗歌语言的语法产生意义的方式。对雅各布森来说，语言无穷无尽的复杂性使我们无法简单地论述其意义生产机制，但这并不意味着语言完全无法通向清晰可辨的"讯息"。

回到《语言学与诗学》，雅各布森在行文最后总结出一句名言："朦胧性是自我聚焦的讯息内在而不可分割的品质，简单来说，就是与诗歌关联的必然属性。"[②] 这句话中提到的

---

① Roman Jakobson, "Two Aspects of Language and Two Types of Aphasic Disturbances", in Krystyna Pomorska, Stephen Rudy, eds., *Language in Literature*, Harvard University Press, 1987, p. 114.

② Roman Jakobson, "Linguistics and Poetics", in Stephen Rudy, ed., *Roman Jakobson: Selected Writings, Volume III*, Mouton De Gruyter, 1981, p.42.

"朦胧性"（ambiguity）致敬燕卜荪的《朦胧的七种类型》，呼应行文中对修辞和句法两者对立关系的解构。燕卜荪不仅是"新批评"的重要源泉，也为俄国形式主义提供了灵感，使得两者间有种天然的亲缘关系。因此，我们必须从雅各布森晚期的论述回撤，重温燕卜荪对诗歌语言的分析。

燕卜荪凭借与生俱来的驾驭阐释游戏的能力，在二十二岁的时候就写成杰作《朦胧的七种类型》，对诗歌语言的意义机制提出了卓越的创见。燕卜荪把诗歌语言的朦胧特性分为七种状态：其一，不同意义简单地并列；其二，两种意义融合为一（可能因为句法模糊、隐喻结构模糊，也可能因为双关或联想）；其三，诗句在特定语境中产生双关意义；其四，两种相悖的意义结合在一起构成更为复杂的意义；其五，诗句在两种意义之间滑动；其六，诗句产生歧义，需要读者融通；其七，诗歌语词暗含无法调和的对立，使语义变得尤其复杂。总结起来说，所谓诗歌语言的朦胧特性，就是其中蕴含的多义、歧义和悖论。对燕卜荪来说，诗句的不同意义相交相融，生成了一个个复杂的观念风暴。而文学批评家必须"身兼二职"，既体验到文学效果，又能条分缕析地拆解自己体验的成因。①

---

① 燕卜荪：《朦胧的七种类型》，周邦宪、王作虹、邓鹏译，中国美术学院出版社1996 年版，第 384 页。

我们这里可以通过具体解读一首诗来注解燕卜荪的论述。与《朦胧的七种类型》同时期的美国现代主义诗人史蒂文斯的《雪人》(*The Snow Man*)充分体现了燕卜荪在诗歌语言中看到的多义性。

The Snow Man

One must have a mind of winter

To regard the frost and the boughs

Of the pine-trees crusted with snow;

And have been cold a long time

To behold the junipers shagged with ice,

The spruces rough in the distant glitter

Of the January sun; and not to think

Of any misery in the sound of the wind,

In the sound of a few leaves,

Which is the sound of the land

Full of the same wind

That is blowing in the same bare place

For the listener, who listens in the snow,

And, nothing himself, beholds

Nothing that is not there and the nothing that is.

雪 人

人必须有一颗冬天之魂

才能看到霜冻和松树

枝丫上凝固的雪花；

必须要受冻很长时间

才能看到刺柏上参差的冰凌，

以及粗砺的云杉，远远地闪耀

在一月的阳光下；而无须思考

有悲苦藏在风的声音里，

在几片枯叶的声音里，

这便是大地的声音

这里到处是一样的风

飘荡在一样虚空无物之地

　　因为这位听者，在雪中倾听

　　自身即为虚无，其所见者

　　无不存在，也见到那存在的虚无。

　　整首诗是一个长句，前面四节描述一个现象，最后一节进行哲学思辨。诗人告诉我们，一个人必须有"冬天之魂"才能在观看冬天景观的时候不至于想起风声中的悲苦。那么这个现象意味着什么呢？因为"在雪中倾听"的听者自己就是"虚无"，所以他目力所及没有任何虚无之物，也能到达那存在的无物。这最后一句话中的朦胧双关之处在于"nothing himself"到底是什么意思，"虚无之物"和"无物"有无差别和关联。根据最后一句诗行的提示，我们可以看到"nothing"的双重含义，指的既是不存在之物，也是存在的非物性（精神性）或虚空。那么这是否可以帮我们构筑关于此诗的悖论式解读？

　　这首诗的开头和中间部分告诉我们，对诗中的听者来说，树叶飘飞的声音融进了风的声音，最终成为这片土地上唯一的声音，而这片土地也与其所有细节融为一体，变得"空无一物"（bare）。所有声音和事物的融合与诗歌开头对"junipers"和"spruces"进行清晰定义的方式形成反差，可以表示诗歌言说者在寒风和低温中近乎冻僵，只留下模糊的视觉和听觉，隐约感觉到周围的实在之物，精神、思维及其构筑的抽象世界已然不复存在。不过，我们也可以同样从隐喻角度来理解这个描绘：言说者已经进入一种特殊的意识状态，不再对外部世界进行分类和命名，已经消融为"无我"；而外界事物对他来说也已经成为混沌，好比洛夫克拉夫特克苏鲁神话故事中的无名无形之物。根据以上两种解读，诗中所言的"nothing himself"至少可以表示"消退的自我"与"消解的自我"这两种不同的意思。

与此同时，"消解的自我"又可以衍生出两种含义：一种是没有边界意识，消融了自我，与一切事物浑然一体；一种是相信存在即虚无的澄明意识。前者有着西方观念史渊源，后者有着中国观念史渊源。这两种内涵既有关联又有矛盾。

首先，这首诗诞生的时代见证了多种有关无边界意识的理论构建。海德格尔在《存在与时间》（1927）中强调的是存在者如何从对"存在"的遗忘中苏醒过来，获得一种对自我本真性的清醒认知。这种观念在后续三十年里不断发生变化，在《艺术作品的本源》（1935—1937，1950，1960）和《建筑·栖居·思》（1951）中，海德格尔的焦点转向"存在"如何离开自身被遮蔽的状态，艺术和诗性语言揭示了我们栖居于天地的"在世性"，而"存在"（即是每一个存在者的栖居成为可能，给予其归属感的家园）的潜力与指归在艺术和诗性语言中也随之揭示自身。弗洛伊德在《文明及其不满》（1930）中设想人在发展出自我与外部世界的区分过程中拥有一种"大洋般"的感觉，并认为宗教情感也源于人生的这种原初记忆。这里的"大洋般"的感觉是一种想象，并非海德格尔所说的在诗性语言中想象的不被人类社会所捆绑的存在，但与弗洛伊德所说一样都源于一种被遗忘或遮蔽的人与环境的共在。对宽广而流动的人神共在状态的想象很早就发轫了，至少可以追溯到17世纪在西方出现的泛神论思潮，到20世纪初普遍化。其间一直受东方思想的影响，宋儒的理学思想也是其重要组成部分。

其次，这首诗也与禅宗思想有相关性。唐代慧能法师所谓"菩提本无树，明镜亦非台。本来无一物，何处惹尘埃"，就是说意识无形无相，人自身便为虚空，通过冥想人们可以通抵意识内在的虚空，由此将外物也视为虚空。史蒂文斯对东方思想没有精深的钻研，但也有所涉猎，他的藏书中就有穆勒的《东方圣书》。他熟读并了解叔本华的作品，在哈佛求学期间也对威廉·詹姆斯的心理学和人类学知识有所洞察。詹姆斯在其著作《宗教经验的不同类型》（1907）中曾对印度教和佛教中的冥想体验加以描绘，指出瑜伽操练的目标为"三昧"（Samādhi），即剔除了杂念的虚空意识，而虚空意识的所见也均为虚空。[①] 不过对现实的虚无主义认识也

---

① William W. Bevis, "Stevens, Buddhism, and the Meditative Mind", *The Wallace Stevens Journal*, Vol.25, No.2, 2001, pp.152-153.

不完全源于东方宗教，西方哲学思想中也有清晰的脉络：其经由 18 世纪怀疑主义和尼采以降的反形而上哲学得到发展，也从此时开始与东方宗教思想不可避免地融合在一起。

以上两种理解（与物同体的意识和物我两忘的意识）有相通性也有相悖性，也或许可以凝结为更大的解读：一方面，个体存在者与经验世界相融，从而合成一个大我，这个大我可以成为一种最真实的存在（"所见者无不存在"），由此产生淹没个体的隐忧；另一方面，主体和存在的虚无化（即"存在的虚无"）是一种解脱，但也可能滋长厌世悲观情绪。总体来说，这首诗是用雪人作为现代人的隐喻，探索两种相近的极端意识状态。对"nothing"的两种理解是相通的，都意味着对现代主体性的反拨和修正，但也可能引发新的危机。诗歌最后一节的朦胧性和歧义性并非无法分析，但其分析过程无疑是极其复杂的，这彰显了文学语言中超高的意义浓度和密度。燕卜荪早年对诗歌语言的"文学性"做出了天然的把握，而与他同时代的英文诗歌也同样在自觉地凸显语言的朦胧性。

最后，我们还应将这首诗的哲学思辨置于历史语境中。虽然本书第一章并不牵涉如何在历史语境中解读文学，只是先剖析文学语言的特性，勾勒语言哲学和语言观念如何作用于 20 世纪的文学批评，但这一章为后面讨论文学、历史和理论的关联做了铺垫，也为后面的语境化文学研究做了一个预演。《雪人》发表于"一战"后，此时欧洲世界正徘徊在文明崩溃的边缘，这是本雅明所言的主体被机械复制媒体操控、法西斯主义抬头的时代，也是主体性瓦解，欧洲人进一步探寻全球文化资源、探索新型自我的时期。主体的消解和崩溃是现代主义作品的创作者不断思考的问题，在艾略特的诗歌、伍尔夫的小说、塞尚的绘画中都是显著的母题，在史蒂文斯其他诗作，如《夏天的信仰》（*Credences of Summer*）、《岩石》（*The Rock*）等中也回环往复。主体性的困境这个问题在后世回声不断，我们在第二章和第三章的讨论中都会提及文学与主体的关系。

第二节 ●
解构主义对文学语言的理解 ●

　　燕卜荪和雅各布森都已经指出了文学语言具备许多产生意义的维度，而其意义也难以穷尽。他们对文学语言的看法大致遵从结构主义的思路，对诗性语言（也可以称为语言的诗性功能）产生意义的不同途径和方式做出分类解析，充分揭示了作为"文学性"核心标志的多义性，但并不认为朦胧感的多义性会带来混沌不可知的困境。然而，20世纪60年代开始兴起的解构主义学派对此有不同看法。从解构主义视角来看，语言无法约束自身的多义性，无法具备确定的意义，因此语言无法构筑真理，也无法与人们的直接肉身经验重合。理解解构主义与结构主义语言观的差别必须从两者对语言多义性的不同态度入手。

　　要强调的是，解构主义理论借鉴了索绪尔的语言学，不过也与之有别。索绪尔在其身后出版的《普通语言学》（1916）中指出，语言符号由两部分，即能指（声音图像）与所指（观念）构成，它们之间的关系具有任意性，而解构主义理论强调的是符号（包括能指与所指）与指涉（即语言试图对应的物质世界）之间的断裂。

雅各布森在《语言学与诗学》中已经强调了符号与所指之间"根本的对立"，但这种对立被视为一种天然现象，并没有从根本上动摇语言所携带的讯息。即使讯息会在情境和对话双方的接触中发生变化，也不意味着我们无法在具体环境中确定其意义。一位研究雅各布森的学者将文学语言描绘为需要参照系的意义系统：

> 这个系统是关系性的，由一连串字符（比如说包含特定数量和种类信息的字符，signata）构成，它们在与彼此的关系中被定义。因此这些关系居于主要地位，而被给予的字符居于次要地位。这就意味着任何符号（不论多么复杂）出现在诗歌中的时候，总是会因其关系性而牵连到其他与之关系紧密但不出现在诗中的符号。这就意味着任何符号的特定信息不仅揭示了语境化过程，而且因为与它产生亲近关系的符号集合才获得了其本质。[①]

然而，对德里达来说，试图确定语言的讯息或含义是一

---

① Linda R. Waugh, "The Poetic Function in the Theory of Roman Jakobson", *Poetics Today*, Vol.2, No.1, 1980, p.74.

个值得反思和批判的过程，这也是他对列维－斯特劳斯反复批判，同时对卢梭发难的原因。他在《论文字学》（1967，也译为《论书写学》）中指出，从古希腊哲学开始，语言被认为是思想的对应物，声音与意识具有一种对等关系，这就是"逻各斯中心主义"，是神学和形而上学的基础。语言因此成为真理的隐喻，而隐喻也成为语言的根本功能，"字面化"的书写不再具有任何价值。德里达想要说的是，人类语言并不是一种与神意贴近的声音，而是与书写的物质性过程紧密联系在一起的。这就是为何他批判 17 世纪西方人对字母书写系统的崇拜，批判人类学对于语言起源于模仿自然语音的想象。卢梭的《论语言的起源》（1781）是这种思想的一个典型例证。在德里达的思想史谱系梳理中，列维－斯特劳斯的《亲属制度的基本结构》（1945）可以说是对卢梭的继承，构筑了一个从自然向文化过渡的历史发展过程，并认为儿童时期的语音是对其"思想"的表达，也是所有社会性语言的"最大公约数"，社会性语言是对儿童时期语音的选择，使儿童的"多形态"（polymorphe）思想趋向狭窄和规范。①

德里达解构主义理论中的核心概念——"延异"和"痕

---

① Claude Lévi-Strauss, *Les structures élémentaires de la parenté*, Mouton De Gruyter, 2002, p.110.

迹"，都指向语言与"在场"（用海德格尔的话来说就是"存在"）的分裂。所谓"延异"，指的是词语得以产生意义的根本机制在于它与其他符号的"区别"（difference），很难在经验和主观感受中找到源头，因此"区别"成为一种非形而上的意义根基（即蕴含在语言结构自身中的意义生产机制），语言的意义生产并没有最终的保障和基础，不断延宕。"延异"在法语中是一个生造词，德里达将 differ 的两个含义（即区别和延迟）连接在一起，构成了一个新词——differance。不过，语言符号中也总是携带着"存在"和"在场"的某种暗示，将自身所建构的"区别"系统投射进隐身的存在，这就是"痕迹"（trace）。所谓"痕迹"，就是一种通道，一种形塑的过程，暗示着人类语言产生之前的浑然一体的纯语言，即逻各斯。正是逻各斯生发出了所有意义，也创造了存在。[①] 不过，与此同时，"痕迹"一词也意味着这种路径已被荒草掩埋，浑然一体的纯语言和绝对知识已踪影查无。总结来说，18 世纪启蒙时期由卢梭代表的语言观可以说是将语言复归于人的本能身体和情感反应并使其具有一种类似形而上的根基，取消了书写中的"延异"，也因此使人

---

① 这里的"纯语言"指的是形而上的上帝语言，与本雅明所说的"本己语言"有很大相关性。王凡柯曾把本雅明的纯语言和索绪尔的符号相区分，说明前者是一个自我指涉的表义系统，表达的仅仅是语言自身的可表达性。我们也可以补充强调本雅明"本己语言"理论中包含的超越性神学。参见王凡柯：《任意的"任意性"——本雅明早期语言哲学与索绪尔结构主义语言学的辨析》，《中国图书评论》2023 年第 2 期，第 65—71 页。

自身具有主体性（即获得臣服于一个超越性大他者，并因此根基牢固的自我）。德里达指出，黑格尔也延续了这种对于书面文字的认识。黑格尔的绝对知识就是隐去了文字的逻各斯，是"痕迹"的重新显现，是差别的重新占有，是"关于原义的形而上学（la métaphysique du propre）的完成"。①

根据解构主义理论，我们在考察文本的语言形式时，不能对这些形式抱有一种理所当然的态度，而应该考虑它基于什么样的差异体系，这种体系支撑一种什么样的形而上观念，而这种体系又是如何颠覆自身的。这种反思的过程就是"消除"（erasure）的过程，经由对"差异"建构过程的考察而对其祛魅。解构主义指导下的文学解读与上一节中说明的燕卜荪的诗歌分析有很大的连续性，都旨在说明语言会产生众多的歧义，有时候可能无法调和。但两者的区别也是很明显的。燕卜荪对语言多义性进行分析是为了揭示语言的内在肌理，他将语言的本质视为朦胧性，将文学性理解为对语言内在肌理最大化的凸显。但解构主义认为语言的歧义性是一个表征，语言这种自我指涉的系统（也就是说每个语词首先指向其他词语，无法直接指涉感官或物理"现实"）无法具有自洽性和稳定性，这就暴露了语言系统的内部裂隙，说明语言不足以成为存在和真理的隐喻。德里达的解构主义

---

① 雅克·德里达：《论文字学》，汪堂家译，上海译文出版社 2005 年版，第 36 页。

指出，在西方基督教视域下，真理和存在都应该是清晰无疑的，但朦胧混沌的人类语言无法支撑这两个形而上观念。作为在政治上具有明显进步倾向的批评家，燕卜荪并不关注支撑语言意义的形而上假设，很可能认为语言不需要形而上基础；而德里达在20世纪60年代激进政治的推动下，试图通过对语言的解构来完成尼采开创的拆毁西方形而上学大厦的事业。燕卜荪的理解可以帮助我们回应解构主义的某种理论偏执，不过这是我们在第三节中要论述的内容。在本节里我们首先了解一下高度抽象和哲学化的解构主义语言观如何具体运用在文学作品中。保罗·德曼的文学研究对这个问题提出了最为充分的解答。

保罗·德曼在《阅读的寓言》（1979）、《浪漫主义的修辞》（1984）等著作中将解构主义的基本概念和原理与诗歌分析完美地联结在一起，我们不妨通过分析《阅读的寓言》第一章"符号学与修辞"的结构，对德曼的解构主义批评做一个梳理：

（1）指出20世纪70年代文学研究的大趋势已经从简单的形式批评转向虚构写作与构成现实的各类范畴之间的互动关联。

（2）指出形式批评将文本变成了自成一格的"内部"，并质询"内部批评"和"外部批评"的分野。

（3）简述符号学理论历史，说明法国文学批评对语言学

（索绪尔和雅各布森）更为倚重，而英美学界新批评一般更侧重对经典作家文本范例的使用。

（4）指出文本符号学中的一个根本对立，即句法／语法分析与修辞分析（一般在词语层面进行）的对立，指出罗兰·巴特、热奈特、托德洛夫和格雷马斯等理论家都忽略了这两者之间的张力。这些理论家预设语法具有修辞作用。正如我们在第一节看到的，雅各布森就指出隐喻经常需要依靠语法完成，反问句、排比句、被动句等句式结构都能产生修辞效果，叙事视角的切换也需要通过句式实现。不过，对德曼来说，这些句式分析都预设语法规则系统会产生清晰的意义。从解构主义角度来看，对句法和语法的研究也必须像人们对"隐喻"这个修辞手法的关注一样，注重其不稳定性。

（5）以"反问句"（rhetorical question）说明修辞对句法的干扰作用，并以叶芝的诗歌《在学童中间》（1933）为例。

这首诗的最后几句如下：

Are you the leaf, the blossom or the bole?

O body swayed to music, O brightening glance,

How can we know the dancer from the dance?

你是枝叶，是花朵，还是干茎？

　　哦，随乐曲摇摆的身体，闪亮的眼神，

　　我们如何可以分辨舞者与舞蹈？

　　最后一句可以认为是一个反问句，也可以认为是一个字面意义上的问句，这样就使这首诗的结尾具有无法确定的解释。当我们注重语法，即词语线性组合的修辞性时，语法本身的规则也开始动摇，无法支撑确定的意义。我们可以分两个相关主题来说明这首诗内含的歧义：（1）整首诗有一个明显的主题，旨在说明身体与灵魂不可分离，最后通过两组意象与一个在反问句和普通问句之间滑动的尾句再次凸显这个主题，并在这个主题上保持开放的立场。（2）这个结尾也可以被认为是一个字面意义上的问句。诗人问我们，灵魂和身体真的可以结合得天衣无缝吗？如果是这样的话，我们又怎么能区分出舞者（一种本质）与舞蹈（其物质性载体）呢？^①这首诗除了哀叹老年将至，身体渐趋衰弱之外，还有一个相关的主题，那就是记忆和情感——"激情""虔诚""喜爱"——是否能与实在物（比如物质性的身体和形象）关联，前者能否指涉后者，能否借助后者变得在场。最后一个问句

---

① 如前所述，德里达解构主义理论借用皮尔斯的符号学理论，改写索绪尔语言学，强调能指无法指向"物自身"。比如"树"这个能指无法指向任何一棵具体物质性的树，无法通过物质的具体形态变得在场，"树"这个能指只能指向语言中的其他观念，不能指向外在之物。参见雅克·德里达：《论文字学》，汪堂家译，上海译文出版社2005年版，第68页。德曼的这个解读就是基于德里达强调的能指和指涉的分离。

也可以被认为提出了两种有关这个问题的立场，有可能是通过反问句说明我们无法将能指和指涉物分开，也有可能是通过一个普通问句表示疑惑，询问我们是否可以把能指和指涉物分开，并对这个问题保持开放而不确定的立场。

结尾的歧义极大地丰富了这首诗的含义。诗人在学堂里漫步，思考的是人生何以延长的问题：人的在场依靠什么来维持？是身体的永续还是个人形象的永续？这也是能指与指涉能否吻合这个问题的一个变体。诗人对这些问题并没有确定的认识，甚至不一定意识到自己思想中的分歧和摇摆。阐释和阅读的过程就是对这种分歧和摇摆进行揭示的过程，这也正是德曼接下来想要进一步说明的道理。

首先，明确提出一种新的阐释和阅读模型。阅读是"进入"文本的过程，但从阅读中得出的阐释却是一种"文本外意义"。伽达默尔将阐释过程视为"视域融合"的过程，但德曼承接德里达的解构主义思路，强调意义的外部性和建构性，由此凸显语言本身的匮乏。[①] 用英国语言哲学家奥斯丁的话来说，解构主义将阐释视为语言的施事行为（illocutionary act）向言后行为（perlocutionary act）转化的过程；按语言哲学家弗雷格的说法就是指称（Bedeutung）变成

---

① Paul de Man, *Allegories of Reading: Figural Language in Rousseau, Nietzsche, Rilke, and Proust*, Yale University Press, 1979, pp. 12-13.

意义（Sinn）的过程。阅读和阐释永远在向我们展示文本内部和其"文本外意义"之间的断裂和缝隙。这也就是为什么解构主义文学批评自诩并不是从内部审视文本的"新批评"的延续，而是对其的反叛与偏离。

其次，用普鲁斯特《追忆似水年华》第一部《斯万家的路》中的一个片段来进一步强化这章的主旨。年轻的马塞尔在幽闭的家中感受夏日，窗外的苍蝇声却将夏日的气息丝毫不减地传来，随后他将自己休憩的状态比作一只伸进流动小溪的手，"可以挡住急行水流的震荡和运动"[1]。对于这段引文，德曼在其后一章中有专门的分析。这里，我们可以根据解构主义阐释方法做一个引申：普鲁斯特在行文中用一个线性句子把苍蝇声与夏日关联在一起，使苍蝇声似乎代表了夏日的本质；但我们仔细思考就会发现，苍蝇声与夏日没有必然的隐喻性关联，它们之间依靠一个偶然构建出来的句子相连，可以认为是提喻的关系，溪水与休憩的关系也有这种双重性。这就是说，隐喻依靠语法构建，也因此动摇了本体和喻体之间的必然关联，动摇了隐喻的权威性，动摇了人类语言是真理隐喻的西方传统哲学信念。这个观点也进一步延伸了德曼依靠叶芝的《在学童中间》这首诗演绎而出的论点，

---

[1]　Paul de Man, *Allegories of Reading: Figural Language in Rousseau, Nietzsche, Rilke, and Proust*, Yale University Press, 1979, p. 14.

说明语法和隐喻彼此解构。修辞因为依靠语法而不稳定，语法因为具有修辞性而同样显示自我解构的特性。

德曼的这章比较完整地展示了解构主义文学阐释的基本思路和方法。从中我们可以看到，有解构取向的形式主义批评是对 20 世纪上半叶形式主义批评的延续和深化，总体思路上其实是有贯通的，但它决绝地摈弃了形式主义穷尽文本复杂性的抱负。

第三节 ·
从解构主义走向建构主义 ·

　　解构主义对语言意义的彻底消解正是解构主义批评思路
一直遭人诟病的原因。提出反对意见的人主要认为文字构建
的"差异"本来就具有临时性和不确定性，结构主义也没有
否认这一点，很少有人会自发地认为语言文字可以产生单一
的意义或尊奉某种解读为权威。这种批评可能高估了大部分
人抵御文字操控的能力，但也告诉我们，文字的含糊性向来
是被关注的，形式主义并不是要为形式解读提供简单的公
式，即便有公式，也是极其朦胧的。雅各布森在《语言学与
诗学》一文中就指出语法与隐喻的彼此渗透："在诗歌中不
仅语音序列，且语义序列也以同样的方式构筑对等关系。在
临近关系之上加诸相似性，这为诗歌赋予了其彻底的象征
性、多元性和多义性精粹……用更加技术化的术语来说，任
何序列化的表达都是明喻。在诗歌中，当相似性被加诸相邻
性，任何提喻都具有了轻微的隐喻功能，而任何隐喻也有了

一抹提喻的色彩。"① 同样的情况我们也可以在罗兰·巴特等人思想的演变中发现踪迹。巴特虽然以一名结构主义者著称，但强调的是符号的多重功能和含义："解释一个文本并不是要给它（大致可以合法和自由的）意义，而是相反，为了欣赏构成它的多元体。"②

有关解构主义批评的历史成就，我们或许可以采用一种比较平衡的看法。虽然燕卜荪和雅各布森等人已经指出语言的多义性，并使之成为文学性的本质，但他们没有充分估计不同意义无法彼此兼容的问题。解构主义恰恰指出了这种现象，不同意义之间的冲突往往会超出最高明阐释者的控制，使任何"阐释共同体"名存实亡。解构主义思潮在 20 世纪 60 年代西方左翼激进运动高涨之时诞生，用一种彻底颠覆语言的姿态来呼应社会运动对资本主义意识形态的冲击，具有重要的历史意义。不过，话说回来，我们也必须意识到，对语言符号表意功能的根本性质疑并不能代替社会的重建和变革，激进的批评姿态并不能解决 20 世纪 60 年代人们面对的问题，更无力解决这之后人类历史不断涌现的问题。在媒介技术和信息推广手段不断发展的今天，不同国家都面临着信息茧房化和舆论极化的问题。人们无法就重要的意义问题达

① Roman Jakobson, "Linguistics and Poetics", in Stephen Rudy, ed., *Roman Jakobson: Selected Writings*, *Volume III*, Mouton De Gruyter, 1981, p.42.
② Roland Barthes, *S/Z*, trans. Richard Miller, Blackwell, 1974, p. 5.

成共识，无法有效地就经济资源分配不均和全球环境污染等物质层面的挑战做出协商。解构主义对社会分化是无能为力的，因此我们也必须对其进行有意识的反思和限制。

帮助我们反思解构主义的理论之一是 20 世纪上半叶的语言哲学，尤其是维特根斯坦的日常语言哲学。它告诉我们，从激进政治的角度来说，语言的意义不应该被完全解构，也不需要被完全解构。任何一个群体所使用的语言总是有相对稳定的意义，这不一定与形而上的假定有关，也并非出自个体的幻想。人们在日常生活中使用的语言之所以有相对稳定的意义，是因为语言是社会中的人在共同生活中协商孕育的符号，与他们的具身感受有着密切关联。由于语言符号与公共现实之间有这种关联，语言的意义对特定人群来说也就具有相对的稳定性和公共性。文学语言并不脱离日常语言，在西方历史中，至少从早期现代以来，文学语言一直从属于日常语言。

有关日常语言的私人化和公共化，维特根斯坦有着非常敏锐的观察。晚年的维特根斯坦在《哲学研究》（1953）中表述的思想并非全然原创，但具有创造性，他以提问的方式探索有关语言使用的根本问题。问题之一就是是否存在完全独特的"私人"语言。在《哲学研究》中，维特根斯坦特别指出，语言的公共性是不可避免的，不能说有独特而不可言说的"痛苦"，当我使用"痛"这个词的时候，我不可能直接指涉唯有我本人拥有的感受，假如我的感受独一无二，那它便不可交流。这是因为，我们从来不是以"对象和名称"的模式来使用语法。① 换言之，语言符号并不像结构主义和解构主义理论家认为的那样试图指向一个外在事物："不要总是以为你所说的东西是你从事实中读出来的；是你按照规则用词语把它们描摹下来的。"② 当然，这并不是说人们在使用语法和惯用词的时候，是在机械地遵循规则，相反，他们是在参与社会生活和进行群体性交流。语言即"生活形式"，我们只能在语言中感知和传达个人的疼痛，是社会性语言和物质性身体的交接使疼痛成为一种共同经验，也同时成为一种共同语言。③ 被纳入新维特根斯坦学派的美国哲学家卡维尔曾对维特根斯坦的语言游戏观进一步加以解释：维特根斯坦最终诉诸的"不是规则，也不是决定"，而是共同生活的经验。④ 语言与经验的交接是以人们的共同生活为媒介，借助人们共同生产的语言规则而进行的游戏。这种游戏一方面映射公共经验，另一方面也依托不断变化的公共经验修改着公共交流的规范和准则。从这个角度来说，我们关注语言符号意义的解构并不意味着堕入虚无，我们可以，也应该将解

---

① 维特根斯坦：《哲学研究》，李步楼译，商务印书馆 1996 年版，第 149—150 页。
② 维特根斯坦：《哲学研究》，李步楼译，商务印书馆 1996 年版，第 149 页。
③ 维特根斯坦：《哲学研究》，李步楼译，商务印书馆 1996 年版，第 12 页。
④ Stanley Cavell, *Must We Mean What We Say?: A Book of Essays*, Cambridge University Press, 1998, p. 50. 转引自林云柯：《日常理性及其责任：斯坦利·卡维尔哲学及文艺思想研究》，北京大学出版社 2021 年版，第 33 页。

构视为重构的一个环节。

雅各布森在《语言的两个方面及两种失语症扰动》中也提到语言在公共生活中得以被构建，再一次说明自己的语言学理论更接近日常语言哲学，而不是解构主义语言观：

> 每个人在与另一个人交谈的时候，总是刻意或不自觉地寻找共用语汇；可能为了迎合，可能只是为了得到理解，也可能为了诱引对方开口，会使用对话者的用语。语言中不存在私人属性；一切都是社会化的。语言的交流，与其他交往一样，至少需要两位交流者，所谓"个人语型"是一个有些变态的虚构。①

最后，我们还可以补充一点，提前与第三章对接。20世纪初的现象学与语言哲学一样，也着重探讨人类科学的非主观性基础。语言哲学注重的是语言产生意义的条件，现象学试图通过将意识还原至其原点来探讨人们对"现实"的体认能否跳出纯粹主观性的藩篱。两者都似乎预见了解构主义对人类意识和语言结构进行的双重解构，并且都从意义的公共

① Roman Jakobson, "Two Aspects of Language and Two Types of Aphasic Disturbances", in Krystyna Pomorska, Stephen Rudy, eds., *Language in Literature*, Harvard University Press, 1987, p. 19.

性入手来缓解这个危机。胡塞尔认为，所谓客观的物理世界就是"客观的主观性"，自然事物对每个人的显现可以通过相互理解而"交换"，因此这些不同的主观显现可以被认为是同一的，是"一个客观的世界，一个共有的自然"。[①] 这种取向与埋藏在维特根斯坦语言哲学中的"公共语言"思想有一定的相通之处。我们在第二章和第三章中会着重分析文学与社会和人类意识演变的关联，说明文学不仅是一种"元语言学"——不断思考着日常语言和文学语言的生成机制和功能，而且是一种"元社会学"和"元意识哲学"——不断反思着人类意识的社会性生成。当代文学研究在基本思路上是解构取向的，但同时又朝向建构。

　　文学与认知和情感的关系是以共同的社会生活为中介的，因此我们接下来先要论述文学与社会历史的关联，再回到文学与意识的关联。文学语言回应着其创作时代的各种话语系统和物质条件，而这些外部因素也会以影响语言规范和语言媒介技术的方式来影响文学的形态。如果说解构主义认为文本阐释不得不依赖从外部引入的假设和框架，因而无法照亮文本内部或本质的含义，那么接下来我们要介绍的语境

---

① 胡塞尔：《共主观性的现象学 第二卷（1921—1928）》，倪梁康主编，王炳文译，商务印书馆 2018 年版，第 92—93 页。

化批评方法相信文本的内部与外部互相依存、没有不可跨越的鸿沟。

研讨专题

1. 文学语言的歧义性和朦胧性对文学解读有何启示？

2. 从解构主义的角度看，语言和真理／意义的关系是什么？这种理解有何优势和局限？

3. 有什么理论资源可以帮我们重构语言与文化共识的关联，使语言仍然能够成为有效的意义沟通渠道？

拓展研读

1. Roland Barthes, *S/Z*, trans. Richard Miller, Blackwell, 1974.

2. Paul de Man, *Allegories of Reading: Figural Language in Rousseau, Nietzsche, Rilke, and Proust*, Yale University Press, 1979.

3. I.A. Richards, *Practical Criticism: A Study of Literary Judgment*, Harcourt, Brace and Company, 1929.

4. Roman Jakobson, "Linguistics and Poetics", in Stephen Rudy, ed., *Roman Jakobson: Selected Writings, Volume III*, Mouton De Gruyter, 1981.

5. 燕卜荪：《朦胧的七种类型》，周邦宪、王作虹、邓鹏译，中国美术学院出版社 1996 年版。

6. 索绪尔：《普通语言学教程》，高名凯译，商务印书馆
1980 年版。

7. 雅克·德里达：《论文字学》，汪堂家译，上海译文出
版社 2005 年版。

8. 维特根斯坦：《哲学研究》，李步楼译，商务印书馆
1996 年版。

9. W.C.布斯：《小说修辞学》，华明、胡晓苏、周宪译，
北京大学出版社 1987 年版。

10. 克洛德·列维－斯特劳斯：《结构人类学》，张祖建
译，中国人民大学出版社 2006 年版。

第二章

/Chapter 2/

历史转向：文学与社会和政治

　　所谓文学与社会的关系，就是文学作品如何以复杂多义的语言为媒介，回应构成社会意识形态的知识和话语系统。延续上一章所言，文学作品在使用语言的时候不仅在反思语言本身的歧义性和多义性，也在思考其自身与社会现实的复杂关联。所谓"现实"，无外乎人们使用的语言与他们的具身经验彼此交织而构成的动态系统。[①]

　　维特根斯坦和其他日常语言哲学家已经向我们指出，语言是在社会生活中形成的规则游戏。因此，语言当然毫无争议是具有生产性和建构性的，这一点早已预示了福柯对权力的生产性论述，即由话语范式构成的权力关系并不压抑人们所谓的原生愿望，正是这种权力产生了特定形态的愿望。那么由无所不在的语言所构成的权力关系有没有变化和松动的可能？作为日常语言的一部分，文学语言如何与具身经验相

①　诚然，我们所说的日常生活并不一定都以符号性语言的方式体现出来，有些人类经验的确不需要经过符号性语言，或暂时没有找到合适的语言。虽然如此，但这些经验如果要被称为经验，就必须用某种公共表意方式向他者呈现自身，也是可以用符号性语言来表征的。

互交融而构成我们的生活形式？

　　我们下面的论述分三部分。首先，从阿尔都塞的多元决定论和福柯的话语谱系学研究的视角出发，引出我们分析文化上层建筑（阿尔都塞将其称为"意识形态国家机器"）和政治经济基础之间关系的几种思路。从福柯的历史研究中引申而出的新历史主义批评方法告诉我们，由话语构成的权力关系（可以认为权力关系是福柯对"意识形态"观念的改写）具有较为自主的动能，并不完全由社会的政治经济基础所决定，文学语言与所有其他话语体系相互贯通，共享术语和表达模式，因此可以对权力关系进行呈现，也可以改写和重塑之。接着，我们探讨福柯的历史观和马克思主义唯物史观能否相互充实结合，同时作用于我们对文学与社会关系的理解。随后，本章转向文学与历史关系分析中的一条常见支流，即对所谓"交叉性"（intersectionality）的探讨，考察文学语言如何促成社会群体和个人身份的建构，不同身份建构的模式如何在文本中交叉。这条研究思路说明，文学作品不仅通过回应其他话语体系来干预意识形态，也经常集中考察意识形态的不同支流如何交汇于一个个体，尤其是他／她的身份认同。

第一节
文学如何参与和推动历史变革

　　阿尔都塞在著名的《矛盾与多元决定》(1962) 一文中对经济基础与上层建筑的关系做了一个深刻的阐释。为此，他首先区分了马克思与黑格尔的历史观，对马克思使用过的一个隐喻加以澄清。马克思在《资本论》第二版跋中说：在黑格尔那里，辩证法是倒立着的，必须把它倒过来，以便发现神秘外壳中的合理内核。阿尔都塞指出，这个比喻给人一种错觉，似乎我们只要将黑格尔的唯心主义剥去，再把其内核加以颠倒，就可以演绎出正确的辩证法，似乎我们不需要触动或改变辩证法运动形态本身，正确的辩证法已经完整地蕴含在黑格尔思想中。①"颠倒"意味着一种挪用，暗示我们只要换一个方向，将黑格尔提出的否定之否定的运动规律运用于生活而不是观念，就可以原封不动地使用这个原理。

　　随后，阿尔都塞以列宁"最薄弱环节"的命题为例，对

---

① 阿尔都塞：《矛盾与多元决定（研究笔记）》，载《保卫马克思》，佚名译，商务印书馆 1981 年版，第 67 页。

马克思的辩证史观做了一个新的解释，使之与黑格尔的辩证法加以区分。第一次世界大战的历程深刻揭示了资本主义剥削的后果，在此期间德国和匈牙利等地都发生了无产阶级革命，但革命为何在俄国（资本主义世界中最薄弱的一环）取得成功？阿尔都塞认为，这是因为"当时产生的各种历史矛盾在一个国家中得到了积聚和激化"[1]。19 世纪末期的俄国，发达的资本主义生产方式与农村的中世纪状态之间冲突剧烈，剥削阶级内部也抵牾重重，大封建地主、小贵族、自由资产阶级和小资产阶级都有各自不同的诉求。与此同时，布尔什维克党的先进分子被迫流亡海外，在此过程中磨炼了自己，立场更为鲜明。这就是说：

> 　　为了使一般矛盾能够积极地活动起来并成为革命爆发的起因，必须有一系列"环境"和"潮流"的积聚，并最终"汇合"成为促使革命爆发的统一体和达到以下的结果，在统治阶级无力维持其政权时，团结千百万人民群众向这一政权发起总攻……"矛盾"是同整个社会机体的结构不可分割的，是同该结构的存在条件和制约领域不可分割的；"矛

---

① 　阿尔都塞：《矛盾与多元决定（研究笔记）》，载《保卫马克思》，佚名译，商务印书馆 1981 年版，第 73 页。

盾"在其内部受到不同矛盾的影响，它在同一项运
动中既规定着社会形态的各方面和各领域，同时又
被它们所规定。我们可以说，这个"矛盾"本质上
是多元决定的。[1]

在这一段之后，阿尔都塞特别提出了对意识形态构成的"条
件和形式做一番真正的历史研究"的主张，将辩证法与历史
语境榫合在一起，彻底地推翻黑格尔历史哲学中的目的论和
进步论。[2] 在《意识形态和意识形态国家机器》（1970）一文
中，阿尔都塞提出，意识形态并非抽象的观念，它既是人们
在想象中构建的现实状况与自身处境，也是融于实践，依托
制度化国家机器（家庭、教堂、学校、法院、政府、工会、
文艺和体育场所等）的日常行为和礼仪，因此是"具有物质
的存在"。[3] 这就是说，我们不能将经济基础和意识形态截然
分开，意识形态领域的冲突是推动历史发展的诸多矛盾中的
一部分，使历史轨迹呈现出无法完全用目的论和进步论来概
括的曲折面貌。这个论点与《矛盾与多元决定》中的提法是
一脉相承的。

---

① 阿尔都塞：《矛盾与多元决定（研究笔记）》，载《保卫马克思》，佚名译，商务
印书馆 1981 年版，第 76—78 页。
② 阿尔都塞：《矛盾与多元决定（研究笔记）》，载《保卫马克思》，佚名译，商务
印书馆 1981 年版，第 78 页。
③ 阿尔都塞：《意识形态和意识形态国家机器（研究笔记）》，载陈越编《哲学与
政治：阿尔都塞读本》，吉林人民出版社 2003 年版，第 357 页。

阿尔都塞提出的多元决定论是一个强大的历史解释模型，也可以用在对文学和文化现象的分析上。比如我们可以用这个模型解释现代西方小说是如何形成的。现代具有写实色彩的小说当然与之前"罗曼司"体裁的发展轨迹相关，与新的真实观和主体观的形成相关，它依托新的情感模式和阅读习惯，也同样依赖印刷资本主义的发展。文学史、观念史、文化史和政治经济史彼此交接，很难用单一的因果关系来勾勒现代小说兴起的缘由和动因。资本主义和资产阶级的发展并不自动产生形式一致的写实小说，不同制度和文化中的资本主义往往呈现出完全不同的特点，也会催生不同形式的虚构叙事。

不过，虽然阿尔都塞可以帮助我们很好地说明意识形态各支流构成的政治、经济、习俗与文化缘由，但仍然没有解决文化如何反过来影响资本主义生产方式这个问题。我们必须转向其他相关理论资源来对此做出阐释。马克斯·韦伯的社会学致力于解释个人行为与群体行为之间的关系，对宗教制度和观念对资本主义发展的影响有过系统论述，是研究文化对经济的反作用力的常见理论框架。与此同时，也有不同学科的学者强调，为了研究包括经济在内的社会发展历程的根由，我们更应该重视自然环境、地缘政治和政治、法律制度等因素的作用，而不是过分注重观念和文化。这种观点在18 世纪孟德斯鸠的《论法的精神》（1748）中就已经鲜明地体现出来，20 世纪下半叶中外学者解释 17—19 世纪中西在经济发展模式上"大分流"的时候就经常遵循这个思路。[①]

我们可以对韦伯的文化视角和重视物质与制度性因素的视角做一个整合。实际上，文化观念和其他物质性结构（制度和环境等）对推动生产关系的发展和变化有着同样重要的作用，强调文化因素对经济发展构成了形塑力和强调物质性因素对经济发展构成了形塑力，这两种观点并不互相排斥。文化不仅仅包括观念和想象，也包括惯习和日常生活实践，本来就具有物质性，更何况，文化在反作用于经济基础的时候总是以制度作为中介。前面论及现代西方小说的缘起，这段历史因为维系于真实观念和情感观念的变迁而对资产阶级主体性的缔造有着深远的意义，在一定程度上推动了资本主义的发展，同时揭示了资本主义发展中的诸多问题。尤其是19 世纪中叶以来，现实主义小说对海外殖民的危害、阶层分化、法律和政治制度等社会问题提出批判反思，迫使资本主义经济不断地直面自我解构的可能。不过，小说对资本主义经济的反作用必须依靠各种制度性和物质性中介，比如图书市场和阅读公众的扩大、图书审查制度的松弛等条件。同理，以肤色为基础划分人种的现代种族理论的兴起对欧洲资

[①] 张泰苏：《从"唐宋变革"到"大分流"：一种假说》，《北京大学学报》（哲学社会科学版）2022 年第 4 期，第 83—96 页。

本主义发展过程中特殊的殖民扩张也有着重要的影响。威廉斯在《资本主义和奴隶制》（1944）中掷地有声地指出，资本主义是现代种族主义和奴隶制的主要动力。不过，后世许多研究都告诉我们，西方源远流长的种族思想——古希腊、古罗马的民族思想，基督教有关非洲人为挪亚儿子"含"的后代的假设，早期现代生物学中"种"的范畴——是现代种族主义在观念上的前奏，为殖民资本主义的发展提供了前提条件，这个影响在庄园制、奴隶法和殖民地管理制度等条件的支持下催生了西欧资本主义的特殊形态。

福柯对文化如何影响经济发展和总体历史进程这个问题的探讨具有决定性作用，在很大程度上改变了人们研究文化和历史关系的方式，对文学研究方法产生了深远的影响。福柯不再对经济基础与上层建筑进行区分，而是将政治经济、社会制度和意识形态都视为话语系统。对福柯来说，探讨历史的进程，就是考察这些话语系统如何在其他话语系统的作用下发生演变，所谓历史就是这些话语系统的演变过程。这种认识与前一章中维特根斯坦的自然语言哲学有一定的相通之处，都认为语言和生活经验紧密交织，无法彼此割裂，日常语言即生活形式。福柯往往将影响历史发展的多种话语系统相互并置，勾勒它们共同发生作用的机制。在《规训与惩罚》中，他提出发生在17—18世纪西欧的惩罚制度改革，即从公开惊悚的惩戒转向更温和但渗透性也更强的惩罚，其变化可以追溯为两条话语脉络：（1）惩罚的对象改变了，犯罪的定义和法律许可的界限发生了变化；（2）审判制度的重心移至"对是否正常的评定和对正常化前景的技术性预测"。由以上两点，福柯推演出惩戒制度变化背后的"科学－法律综合体的系谱"。①可见，虽然这里追溯的是一个制度问题，即国家机器功能的转变，但福柯使用了具有开创性的谱系学研究方法，即话语谱系构建的方法，将制度问题转变为话语问题。作为阿尔都塞的学生，福柯对马克思主义研究者十分不满，但也承认马克思"提出了一种今天仍然可能有效的对资本主义社会的历史化分析，也为一个今天仍然充满活力的革命奠定了基础"②。只是，福柯大幅度地改变了这种历史视角，比阿尔都塞更进一步，将经济、社会制度和文化都呈现为交叉并行的话语体系，细致勾勒其谱系和动能。正是因为将推动历史发展的各种力量视为话语系统，福柯才从根本上改变了人们对话语的认识。他不再将话语等同于"压抑"或"异化"欲望的观念或意识，而是将其视为产生治理与被治理关系的权力机制，这种权力机制可以产生物质性后果，成为构建我们身体和行为的框架。

---

① 福柯：《规训与惩罚》，第 3 版，刘北成、杨远婴译，生活·读书·新知三联书店 2007 年版，第 24 页。

② Michel Foucault, *Entretien avec Michel Foucault*, 1971, pp. 1035-1036, qtd. in David Pavón-Cuéllar, "Foucault's Marxism", *Continental Thoughts and Theory: A Journal of Intellectual Freedom*, Vol. 3, No. 4, 2022, p. 329.

正是福柯的历史观催生了新历史主义批评。"新历史主义"（New Historicism）在这里指的是美国文艺复兴文学学者格林布拉特及其在伯克利的同人凯瑟琳·盖勒格等学者创建的批评范式，产生于20世纪晚期美国文学研究界，可以认为是当今美国、西方乃至世界文学界最重要的文学批评理论之一。"新历史主义"这个词直到1982年才首次出现，格林布拉特在这年编辑的《文类》（Genre）期刊特刊上将它推上了文学研究的舞台。他随后又发表《走向文化诗学》（1987），详细阐述新历史主义的内涵。在格林布拉特的阐释下，新历史主义旨在对传统的总体历史观提出反思，认为历史由特定结构的话语脉络构成，而每个话语体系内部也必然被各种矛盾冲突撕扯，文学话语被深深地卷入这些话语体系，成为其中特别具有灵性和悟性的一部分。这个观点当然与海登·怀特主张的历史书写遵循叙事结构的理论相通，但也不尽相同。新历史主义理论家赞同历史是叙事的观点，但在他们看来，历史并不是由历史家创造的叙事，而是不同话语体系交融碰撞、汇集于某一作者笔下的结果。因为反对总体性历史观，新历史主义批评将文学与被埋没的文化史相连，因此常常将文学作品与某些略显孤立的历史逸事关联，与传统历史研究需要构建完整证据链的做法不同。

在《走向文化诗学》一文中可以看到，为了论述新历史主义的内涵，格林布拉特以质疑相对立的历史观念为起点。

他的两个主要批评对象是詹明信和列奥塔，分别代表了马克思主义文化批评和后现代主义文化批评，他认为两人的问题都在于对资本主义的文化影响进行了整体式解读，落入了传统一元历史叙事的误区。在格林布拉特看来，詹明信认为资本主义带来了全球文化的分崩离析，而列奥塔认为资本主义带来了全球文化的扁平化趋势，本应支持辩证和反宏大叙事的思维没有得到充分的体现。格林布拉特借这两位理论家的僵硬来凸显新历史主义或文化诗学的柔韧并表明自己的方法论，即注重通过文化细节考察意识形态的内在悖论，说明文化的重要功能在于对不同思想和话语体系中的矛盾进行"斡旋"（negotiation）。①

新历史主义反对总体性历史观的特点充分体现在格林布拉特的批评实践中。他最具有代表性的论文是《莎士比亚的斡旋》（1998），其中一个章节名为"隐身子弹"（Invisible Bullets）。这个章节以莎士比亚历史剧，尤其是《亨利四世》（上、下部）为主题，说明莎士比亚在剧中展现了王权通过戏剧性表演而构建自身的过程，质疑君权神授的观点。不过，从福柯的权力理论出发，格林布拉特认为莎士比亚在颠覆权力的同时也被其所"限制"（contained）。在《亨利四世》

---

① Stephen Greenblatt, "'Towards a Poetics of Culture': Text of a Lecture Given at the University of Western Australia", *Southern Review*, Vol. 20, No.1, 1987, pp.3-15.

下部中，哈尔王子摇身变为国王，背弃了曾与他胡闹厮混的福斯塔夫，之前对权威的戏谑和颠覆只是为了给后来的权力重建提供铺垫。莎士比亚与王权之间的关系很好地体现了文化诗学的主要观点：诗人受同时代话语、行为准则和权力机制的渗透，成为这些复杂势能相遇和相撞的契机。

新历史主义就是由类似此例的局部研究融汇而成的，理论渊源多，并且相互杂糅，因此它并不是一个严格的理论和方法论体系。格林布拉特也十分注意说明这一点。在 1990 年的著名论文集《新历史主义》的绪论中，两位主编格林布拉特和盖勒格强调他们原初并不想建立一个叫作"新历史主义"的理论流派，无意于树立"正宗批评"（authenticity criticism）的规范。而事实上"新历史主义"这个标签也被应用于"许多不同且不怎么相关的批评实践"，无法统一。[①] 不追求体系性也和新历史主义的批评宗旨有关。正如《新历史主义》的绪论所言："诗歌并不通向超越历史的真理，不论我们运用精神分析、解构主义还是纯粹的形式分析，诗歌提供的只是一种线索，指向镶嵌在具体历史中的社会与心理构成。"[②] 新历史主义批评揭示的是具体场景下不同话语体系交织渗透所产生的动态，它无意于建构整体性的意识形态和

①　Catherine Gallagher, Stephen Greenblatt, *Practicing New Historicism*, University of Chicago Press, 1990, p. 2.

②　Catherine Gallagher, Stephen Greenblatt, *Practicing New Historicism*, University of Chicago Press, 1990, p. 9.

时代精神，与阿尔都塞所主张的去目的化的非线性历史观相合。从那时到现在，新历史主义一直在国际文学研究范式中占据主导地位，近十年出现的不少新研究范式都可以被视作新历史主义的延伸。

这里要特别提及詹明信在《政治无意识》（1978）中的解读范式，这部著作可以被认为是新历史主义批评的对立面，詹明信恰恰通过与阿尔都塞的交锋提出了一个坚持对"总体性"意识形态加以把握的阐释思路。詹明信指出，虽然文学作品描写的是社会的局部景象，但可以指向隐匿的时代精神。比如，人的"物化"（reification）和"机械化"，作为资本主义生产方式和生产关系在意识形态领域的投射，是许多现代小说探讨的主题，也是其感官描写折射或反抗的对象，因此可以被认为是文学作品的"政治无意识"。詹明信认为，文学作品是"社会象征行为"（socially symbolic acts），是对不可见的整体性意识形态的寓言。[①]詹明信的文学批评理念在《政治无意识》之后变化不大，也因其固守陈规的特点受到了很多批评。许多西方学者（尤其美国学者）认为，詹明信的批评方法是对文本的简化，因为执着于在文

---

① Fredric Jameson, *The Political Unconscious: Narrative as a Socially Symbolic Act*, Cornell University Press, 1981, p.5. 对詹明信的批评，参见 David Stewart, "The Hermeneutics of Suspicion", *Literature and Theology*, Vol. 3, No.3, 1989, pp. 296-307; Stephen Best, Sharon Marcus, "Surface Reading: An Introduction", *Representations*, Vol.108, No. 1, 2009, pp. 1-21.

本中挖掘隐藏的意识形态而使文本变成了意识形态的囚徒，忽略了文学语言的奇异性和复杂性。这类批评不一定是公正的，但向我们揭示了文学批评界两种路线的争执。

到了今天，我们或许可以做出一种整合，以更好地协调新历史主义和马克思唯物辩证史观的关系。诚然，所有的物质性力量都要通过话语才能显现自身，而不会汇聚成线性的历史发展路径，但这并不意味着我们从此无法谈论社会发展与经济基础的一般关系，即历史发展的真理或规律。普遍认可的话语可以被视为知识，在一定范围内成立的现象可以被称为规律。这也就是说，我们可以实践一种较为融通的历史观，一方面深入话语细节考察权力或意识形态的运作，避免抽象地谈论意识形态，另一方面不放弃引入对经济和制度的事实性论述，由此建构有关具体话语系统如何与物质现实互相渗透的规律。换言之，在文学批评实践中，我们要将福柯的话语谱系学与对历史发展总体历程的勾勒结合在一起，将新历史主义和唯物史观结合在一起。这就意味着：深入考察社会不同话语系统的变迁；将这些话语系统与政治经济领域里的"事实"相互关联，意识到话语系统的不规则变化与人类社会历史的普遍规律之间的辩证关联。这也就是说，人类社会的历史进程遵循一些物质性规律，它与生产力和生产关系的发展，与自然环境的变迁，与社会制度的发展都有着重要关联，但这种规律又在具体话语语境（即语境）中呈现出相当不同的面貌，也会因为许多突发和偶发事件发生关键性变异。而不论是文化还是所谓突发和偶发事件，都是有其物质性缘由的，在一定程度上是由总体性历史催生的。

第二节 •
新历史主义和唯物史观的结合 •

　　所谓新历史主义和唯物史观的结合，就是说一方面我们
要理解一个历史时期的面貌就体现在这个时刻存在的错综复
杂的话语网络中，另一方面我们要坚持考察这种话语网络对
政治经济制度、社会结构、科学技术、人类生理结构等物质
元素的依赖。我们在建构文学文本语境的时候，要充分揉合
话语史、观念史、物质文化史（包括书籍史和出版史）、制
度史、社会史，对塑造文本的物质性和精神性力量都加以重
视。正如前文所言，这两种对历史的理解并没有冲突。所谓
形塑时代的物质性力量，在话语实践中成为人们的共识和基
本规律，也会在具体语境中被不断地重审和修正。因此，意
识形态话语不仅涵盖有关身份和价值的观念，也涵盖人们对
政治经济"事实"等物质性结构的看法。接下来，我们以福
楼拜的小说《包法利夫人》为例说明新历史主义和唯物史观
如何在文学阐释过程中互相结合。

　　《包法利夫人》从外省青年夏尔成为一名平庸的医生的
经历开始讲述，经由他的第二次婚姻引出在修道院学校和乡

村农庄长大的爱玛。叙事者告诉我们，爱玛在修道院长大期间，阅读了很多 19 世纪上半叶流行的罗曼司叙事故事，并且养成了为满足自身情感而阅读的习惯。这种对情感满足的渴求埋下了悲剧的种子。在与丈夫结婚之后，爱玛所模糊期望的情感悸动并没有到来，她的失望之情在一次去渥毕萨尔庄园参加晚宴和舞会之后被彻底激发。爱玛雾里看花，在华服和香氛的围绕下恍惚地感觉贵族生活能满足自己所有的感官和情感需求。这次经历之后，她被一名贵族男士罗道尔夫轻而易举地引诱，甚至打定主意要与之私奔。但是，罗道尔夫实则已对她心生厌倦，在商定的私奔之夜突然消失，只留下一份矫揉的告别书信。爱玛经此重创之后仍然没有改变寻求情感满足的渴望，又与法院实习生莱昂陷入情网。这次经历更为悲壮，爱玛逐渐走向疯狂，陷入无节制的物质消费，最后不堪沉重的债务而服毒身亡。

首先，这部小说让人不解的难题之一就是爱玛对爱情和情感的追求为何与感官享乐不可避免地纠缠在一起。她追求的所谓"爱情"仅仅是一种感官刺激吗？ 18 世纪中叶到 19 世纪上半叶的法语和英语小说中有很多女性人物将爱情视为纯粹的精神偏好；但到了 19 世纪中叶，福楼拜敏锐地指出有时候人们分不清精神满足和肤浅的感官愉悦之间的区别。这个弊端不仅在女性人物身上显现，在小说中的男性人物——夏尔身上也表现出来。小说反复提及爱玛的消费激情：

> 她订了一份妇女刊物《花篮》，又订了一份
> 《沙龙仙女》。她一字不漏，读完赛马、晚会和初次
> 公演的全部报道，关怀一个女歌唱家的初次献唱、
> 一家店铺开张。她知道时装新样式、上等裁缝的地
> 址、树林和歌剧院的日程。她研究欧仁·苏的小说
> 中关于家具的描绘；她读巴尔扎克和乔治·桑的小
> 说，寻找想象的愉快，满足本人的渴望。甚至于用
> 饭，她也带了书看，同时查理一边吃饭，一边同她
> 谈话。[①]

此时，消费成为中产阶级实现情感满足的重要途径，贵族生
活可以通过消费得到某种扩散。19 世纪法国消费文化史研
究从 20 世纪 80 年代发轫以来，已经拥有许多成果。一般认
为，1850 年前后，法国进入了一场"消费革命"，开创了零
售业和广告业。19 世纪晚期的巴黎不再是雨果笔下拥挤的都
市，而成为"一座现代消费型都市，到处都是宽敞大道、咖
啡店、电灯、公寓、广告牌、地铁、电影、餐馆和公园"[②]。

---

① 福楼拜：《包法利夫人》，李健吾译，上海三联书店 2014 年版，第 61 页。
② Rosalind H. Williams, *Dream Worlds: Mass Consumption in Late Nineteenth-Century France*, University of California Press, 1982, p. 11.

百货店诞生于 1852 年的巴黎，而包法利夫人就是在这个历史转折点之前（小说的时代背景为 1848 年法国资产阶级革命前夕）走上悲剧之路的。我们从小说中发现，法国消费文化正值发端，消费潮流已经通过广告类刊物传到外省小镇，而类似勒乐这样的商人就担当了小镇居民与城市消费文化的"有毒中介"。为了论证小说与 19 世纪中叶开始形成的消费主义热潮有对话，我们可以把小说对爱玛家中和旅馆等场所中的家具和装饰物的描写与 19 世纪中叶的资产阶级家居装饰和绘画风格做一个比对。查阅小说中提到的欧仁·苏小说中的家具描写，查阅 19 世纪中叶外省小镇的奢侈品贸易历史，不难发现小说对这个历史现状的折射和反思。消费主义热潮既是一连串历史事实，也是一系列反复描写商品凸显其感官魅惑的话语。对小说与话语／历史关联进行探讨，需要我们将小说的细节（叙事视角、人物塑造、时空安排和描写手法等）与消费主义话语的形式特征做一个比对，说明小说如何对其进行呈现和反思。这种研究方法与唯物史观和新历史主义都是相通的。

进一步说，我们为什么要考察小说与话语／历史之间的关联呢？主要是为了说明小说这种话语与同时代其他话语体系的联系和区别。考察联系能帮我们看到小说对时代境况的折射，考察区别能帮我们发现小说对人类社会和人类精神的独特洞见。比如，我们可以说，《包法利夫人》率先清晰地诊断了中产阶层爱情观的主要弊端，并提出了具有一定想象力的对策。朗西埃对这部小说的解析最为知名，采用的就是这样一种论证思路。他认为小说将爱玛对感官和情感满足的追求视为资产阶级普遍诉求的一种显现，19 世纪中叶法国资产阶级将这种满足视为自身阶层地位上升的指针、政治民主的必要伴生物。朗西埃认为，对于 19 世纪中叶法国资产阶级对民主的想象，小说有共情之处，也有尖锐的批判，福楼拜的景物描写不是对爱玛意识和心境的再现，而是通过对不加选择的"非个人化"经验的描写提出了一种超越自利性享乐的感官操练。①

基于这个消费主义视角，我们可以进一步考察东方奢侈品消费文化对小说的影响。小说中出现了一些东方奢侈品的形象：与夏尔成婚后，爱玛在自己的写字台上使用中国式样的摆设架；虽然手头拮据，她仍然日常穿着由南京布制成的袍子。这些细节暗示占有这些商品与中产阶级地位的提升有一种内在的关联，也将 19 世纪中叶法国出现的消费文化追溯至一个重要的前身，即 17 世纪以来西方的绘画艺术和装饰艺术对感官满足的迎合。17 世纪宫廷、教堂的绘画和装饰中首先出现华丽厚重的巴洛克风格，18 世纪上半叶又出现了

---

① Jacques Rancière, "Why Emma Bovary Had to Be Killed", *Critical Inquiry*, Vol. 34, No.2, 2008, p. 241.

戏谑巴洛克风格，以及过度堆砌细节并呈现一种不规则状态的洛可可装饰风格。巴洛克与洛可可风格融入了东方文化中的视觉元素，颠覆了古典艺术风格，其中蕴含的冒险精神与17世纪晚期商业阶层借助国际贸易在法国社会绵密的阶层结构中打开一个缺口的尝试有异曲同工之处，可以被认为是后者在艺术领域中的对应物。^① 不过，如果说洛可可风格的出现代表着阶级抗争意识的形成，那么贯穿整个19世纪的"洛可可复兴"就沦为一种庸俗化的享乐。这种风格也同样包含很多东方元素，呈现出浓艳和繁复之风，但这些东方元素与18世纪初洛可可艺术中的东方元素相比，已经失去了戏谑的锋芒和争夺艺术主导权的阶级上升意识，只留下小资产阶级将享乐与阶级地位相连的粗鄙逻辑。"洛可可复兴"与消费文化的诞生几乎是同步的，两者的连接体现了感官享乐的文化政治：小资产阶级试图通过某种充满夸饰的风格来获得一种文化地位。在小说中，年幼的夏尔刚出场时戴的帽子就充分体现了这一点，这顶帽子不伦不类，似乎充满设计趣味，却又庸俗无比：

> 这是一种混合式的帽，具有熊皮帽、骑兵盔、

---

① Katie Scott, "Playing Games with Otherness: Watteau's Chinese Cabinet at the Château de la Muette", *Journal of the Warburg and Courtauld Institutes*, Vol. 66, No.1, 2003, pp. 189-248.

圆筒帽、水獭鸭舌帽和睡帽的成分，总而言之，这是一种不三不四的寒碜东西，它那不声不响的丑样子，活像一个表情莫名其妙的傻子的脸。帽子外貌像鸡蛋，里面用鲸鱼骨支开了，帽口有三道粗圆滚边；往上是交错的菱形丝绒和兔子皮，一条红带子在中间隔开；再往上，是口袋似的帽筒和硬纸板剪成的多角形的帽顶，帽顶蒙着一幅图案复杂的彩绣，上面垂下一条过分细的长绳，末端系着一个金线结成的十字形花纹的坠子。崭新的帽子，帽檐闪闪发光。[①]

这顶帽子与小说中许多其他帽子形成鲜明对比。夏尔的父亲出身卑微，但依仗自己俊朗的外貌娶了一个嫁妆丰厚的妻子，过上了养尊处优的生活。在生活方式和品位方面他都充满贵族气息，无所事事而耽于审美。他在参加儿子与爱玛婚礼的时候戴着一顶银箍船形帽。到了夏尔这里，家道中落，阶层地位下降。夏尔的母亲是帽商的女儿，但她没有把丈夫的优雅做派传递给儿子。夏尔不仅失去了对美的鉴别力，在生活中也只追求粗鄙的感官享乐，沉迷于"近乎肉感的喜

---

① 福楼拜：《包法利夫人》，李健吾译，上海三联书店 2014 年版，第 4 页。

悦"①，心中并未消泯的敏感也因此被淹没。包法利夫人对丈夫极其不满，但自己也无法跳脱出这种庸俗的品位，被消费文化所包装的伪精致欺骗。小说暗示我们，包法利及其夫人都并非蠢笨之徒，他们都有着被情感打动的倾向，但包法利夫人被拜金和自利所噬，而她丈夫因缺乏美的训练与敏感心肠而泯然众人。

其次，我们可以在资产阶级消费主义上升的总体背景中考察医学与小说的关联，考察爱玛的感官紊乱和 19 世纪"歇斯底里"话语的关联。据学者研究，福楼拜曾在给朋友乔治·桑的书信中取笑自己"像女性一样"感到"歇斯底里"，医生也给过他这样的诊断，这提醒我们他在书写爱玛心理症状的时候是在探讨一种他感同身受的情感征兆。② 他将如他一样的男性作家在创作过程中出现的生理症状，如被扼住喉咙的感觉，与女性亢奋而魂不守舍的状态相关联，将自己的个人体验与笔下的女性人物勾连，说明他在精神病理学冷冰冰的客观诊断中注入了主观感受。如果将福楼拜对"歇斯底里"成因和症状的描写与同时代精神病学医生的描写相比较，我们可以发现福楼拜的分析极为精深且富有同理心，他虽然声称拿起了手术刀，将写实技巧进一步推进，但实则也

① 福楼拜：《包法利夫人》，李健吾译，上海三联书店 2014 年版，第 11 页。
② Jan Goldstein, "The Uses of Male Hysteria: Medical and Literary Discourse in Nineteenth-Century France", *Representations*, No. 34, 1991, p. 134.

肯定了写实的主观性，揭示了写实小说从其诞生之日起就具有的双重特性——既观照普遍的经验性现实，又意识到经验内部的分化，注重与个体的情感世界对话。虽然他有代替女性发言的嫌疑，但其笔下的爱玛无疑是立体且令人难忘的。为了辅助这个论证，学者也指出，福楼拜交往的朋友也都对精神病学感兴趣。司汤达 1805 年曾在巴黎医学院阅读一部新出版的关于精神错乱的著作；巴尔扎克在创作《人间喜剧》中的诸多人物时，也对"偏执狂"（monomania）等精神病灶有过深入了解。而福楼拜的其他作品也体现出他对精神病理的探索非常感兴趣。《萨朗波》中的萨朗波可以被认为是爱玛的东方姐妹，一方面极其感性，另一方面居于出离灵魂的状态。这两者的结合也与 19 世纪有关"歇斯底里"的医学理论有话语上的勾连。

最后，我们可以从前面提到的消费文化中的东方物品继续引申，探讨福楼拜写实风格的锻造与 19 世纪法国东方主义的关联。有学者强调了一个有意思的事实：福楼拜在创作《包法利夫人》之前，在 1849—1851 年，进行了一场北非和中东之旅，途中写下笔记，反复表达烦腻（boredom）之情。在埃及，福楼拜得到了丰富的感官印象，但始终无法参透埃及文化要旨，担心只能重复其他西方旅行者已经说过的"傻话"，也因此从未出版自己的游记。[①] 福楼拜对自己无法迫近东方内核的焦虑在小说中转化为包法利夫人自我中心式的感官和情感模式，爱玛也同样无法从环境中真正得到养料，她的烦腻映射着福楼拜在埃及的感受，暗示的是福楼拜对自己作为小说写作者缺乏体认。最终，福楼拜通过杀死爱玛昭示了超越这种局限性的深刻愿望。[②] 这种解读也可以做进一步延伸，说明福楼拜的异域旅行与 18 世纪晚期至 19 世纪中叶一直十分流行的东方游记不同，隐含着对法国东方主义的一种反思。19 世纪以降，法国人的东方游记中一直存在着批判反思，从沃尔内的埃及和叙利亚游记到戈蒂埃的埃及写作，很多 18 世纪晚期到 19 世纪中叶的法国作家都表现出对埃及人的认同，明确反对殖民历史和奴隶制的荒谬。福楼拜的反思路径不太一样，他使东方世界和历史成为自己的叙事场景和素材，呈现和研究激烈的情感，以此和自己对 1842年资产阶级革命前后法国人的心理描写对话。1845 年他受到勃鲁盖尔画作《圣安东尼的诱惑》的启发，开始写一部同名小说，1849 年完成第一稿后暂时搁置。在东方之行后他终于找到了自己的志业，出版了备受争议但让他声名鹊起的《包

---

① Aubrey Porterfield, "Why Emma Bovary Had to Be Bored, Echoes of Flaubert's Egyptian Travel Writing in *Madame Bovary*", *Studies in the Novel*, Vol.48. No.3, 2016, p. 267.

② Aubrey Porterfield, "Why Emma Bovary Had to Be Bored, Echoes of Flaubert's Egyptian Travel Writing in *Madame Bovary*", *Studies in the Novel*, Vol. 48, No.3, 2016, p.269.

法利夫人》。不过，此后他又转向历史和东方题材，开始写作有关迦太基雇佣兵起义的《萨朗波》。在很大程度上，萨朗波就像是一个净化了的包法利，她不谙世事，在侍奉神明的生涯中有了极其敏锐的情感体验，如月神化身。身为迦太基执政官首领，她用美人计从起义军首领马托那里取回月神纱衣，也在此过程中受到爱的感召，最后，在马托被处死之后她也突然倒地而亡。福楼拜不仅创造了一种朗西埃所说的"非个人化"的写实风格，而且拒绝将东方排斥在这种写实风格之外，将其纳入自己对人类情感的深度剖析和认同的过程中。围绕东方主题，我们还可以比较福楼拜和巴尔扎克笔下的欲望书写，两者都牵涉东方元素，处理方法有相似也有不同。如果说福楼拜拒绝将东方他者化，那么巴尔扎克时而会流露出以下这种倾向：在《金眼女郎》中，巴尔扎克描写了玛格丽塔和帕奇塔共处于封闭的闺房中的场景，"将前者类比为东方专制主义的暴君（despote），同时将后者塑造成东方化情色想象中的穆斯林姬妾（odalisque），以达到'快感'和'残暴'两大主题的联结"[①]。

　　以上这三个方向的解读交叉重叠，不仅彼此兼容，而且具有共同的特征。它们都说明，小说不仅诊断了社会问

---

① 　沈亚男：《"奇情"美学的现实批判——巴尔扎克〈金眼女郎〉中的身体书写》，《外国文学评论》2022 年第 1 期，第 224 页。

题，即在消费主义和东方主义等的侵袭下，小资产阶级感官生活的减缩和精神病症高发的现象，而且用叙事形式和意象构造等手段暗示了扩大感官潜能的方式。也就是说，小说不仅携带着时代的症候，而且暗示了可能的解药。已故批评人塞吉维克生前特别关注文学语言对抗意识形态的手段，提倡"修补性解读"（reparative reading），即从文本中发现呈现时代精神症候之外的对其进行纾解的过程；菲尔斯基所说的"后批评解读"（postcritical reading）则将阐释视为读者与文本合作的双向行为过程，也同样指向将文学语言的创造力不断延伸并使其最大化的批评理念。① 这就是说，文学语言的歧义性不只是对人类语言"堕落"现状的反思，也是对语言与历史彼此纠缠关系的反思。一方面，作为意识形态和权力关系构造的一部分，文学语言是操控性话语的帮凶和延伸，也就是前面提及的格林布拉特所说的文学语言被抽象意识形态"限制"（containment）；另一方面，意识形态寄托于日常语言与日常身体行为，并没有特别强的目的性和线性发展轨迹，文学语言必然如海浪一般，粘着所有物质世界和文化史的尘埃，拍岸而起，在破碎中重新聚合，在解构中进行重构。在西方马克思主义影响下的文论提出的辩证法思想对

---

① Eve Kosofsky Sedgwick, *Touching Feeling: Affect, Pedagogy, Performativity*, Duke University Press, 2003. 转引自芮塔·菲尔斯基：《批判的限度》，但汉松译，南京大学出版社 2023 年版。

我们仍然是有意义的。晚年阿尔都塞曾提出"趋势辩证法"，告诫我们社会和意识形态的变化依赖"现存形式要素的安排"，我们必须敏锐地捕捉。[①] 这个道理可以沿用至文学批评，我们要在文本中寻找各种形式要素的创造性结合，捕捉文本对文化和社会变革途径的想象。我们谈文学文本的解构作用和重构作用，其实说的是文本对现存社会与文化结构的再现、批判和重构，这几个过程总是同时进行的。我们不要以一种文本之外的道德或审美标准衡量它，也不要拿一种历史到底是什么的实证历史观去考察它，我们要做的是通过重视文本所有的细节，梳理它对同时代通行话语的模仿、颠覆和重组。[②] 不能说文学语言包含对一个历史时期的真知灼见，但可以说文学语言对历史的构建是维度更为丰富、视角更为驳杂的"杂语"，即便没有多个叙事声音，也是多声部叙事，在叙事中还夹杂着非叙事语言，包括描写和议论。拿维特根斯坦语言哲学的话来说，这些元素都是构成日常生活形式的复杂话语网络在文本中的投射，文本以指涉、象征和对应的方式来折射这个话语网络中的各个组成部分。

　　说到这里必须要补充，虽然我们使用文史互证的思路，

---

① 　阿尔都塞：《马基雅维利和我们》，载陈越编：《哲学与政治：阿尔都塞读本》，吉林人民出版社 2003 年版，第 387 页。
② 　这代表我们尊重文学语言，在文学中创建了一种"内在批判"。作为一种社会批评的"内在批判"，指的是要避免"以独立于社会现实的原则"来进行社会批判，而应"将'批评原则'视为对社会现实的阐明，包括其承诺和潜能"。Titus Stahl, *Immanent Critique*, trans. John-Baptiste Oduor, Rowman & Littlefield, 2013, p.2.

糅合新历史主义的话语分析和唯物史观对于话语的物质条件的分析，但对历史语境的勾勒在繁简上并没有统一的标准。在开始做文学研究的时候，我们对历史语境的铺陈往往相对简约，注重对文本内部线索的整理和解读。比如我们可以研究 19 世纪英国小说家哈代小说中的火车，引入哈代幼年时乘坐火车的感慨，并梳理他不同时期小说中对工业文明和钟表时间的看法；也可以研究狄更斯小说对法律与道德关系的考量，引入狄更斯的生平经历（包括他十二岁时父亲因欠债入狱，十五岁时成为律师学徒，随后成为法庭记者等经历），以及与他作品相关的英国 19 世纪法制（如《荒凉山庄》中出现的"衡平法院"）。在知识和方法积累增多之后，我们对历史语境的敷陈和梳理可以很细致，对历史与文本的互渗关系也可以看得更透。比如，奥特在专著《麦尔维尔的解剖学》中，对 19 世纪美国的种族科学话语，尤其是颅相学，进行了细致梳理，然后说明麦尔维尔对白色巨鲸头上条纹的描绘如何与颅相学话语交接，又如何对其进行改写。[1] 同样，学者普维在《维多利亚时期的金融书写：投资文化中的揭示性与隐藏性修辞》一文中首先对 20 世纪 40 年代开始在英国流行的"金融新闻"这个新的写作体裁进行了充分分析，发现其内在规律，试图在披露信息和保守秘密两者之间建立一

---

[1]　Samuel Otter, *Melville's Anatomies*, University of California Press, 1999.

种平衡；然后细读《弗洛斯河上的磨坊》这部小说，说明小说对家族成员情感的叙述和对金融背景的描写此起彼伏，交替占据隐秘背景和敞亮前景的位置，指出小说的写作与当时的金融写作有很多相通性——小说家想要揭示社会得以运行的隐秘金融机制，并最终通过情感书写反向地批判金融话语中的价值观。[①]

在中国文学研究范畴中，这种做法在现当代文学研究中非常普遍。有学者研究铁路与其他交通科技对中国近现代作者创作的影响；也有学者研究 19 世纪以来有关朗诵者应如何控制身体和声音的话语与 20 世纪 30 年代中国左翼革命文艺的关联；还有学者研究美学论争中的自然话语和社会主义建设时期文学、文艺实践的关联等，不一而足。举一例说明，有研究者发现，穆时英的《夜总会里的五个人》（1932）和施蛰存的《魔道》（1931）等作品中会出现有关黑色和白色的意象，这些碎片化意象与种族话语和黑人形象的全球流通有关。联系上海等都市的读者对黑人文化的关注，如《良友》等期刊中有关黑人的介绍和图像，可以发现新感觉派描写的是 20 世纪 30 年代上海人的自我形象在潜意识中与种族观念互相连接的过程。在此基础上分析施蛰存的《将军底

---

① Mary Poovey, "Writing About Finance in Victorian England: Disclosure and Secrecy in the Culture of Investment", *Victorian Studies*, Vol. 45, No.1, 2002, pp. 17-41.

头》这个故事，可以揭示出一个重要的潜文本：故事发生在唐朝，大唐武官花将军是唐朝吐蕃将领和汉人的后代，像莎士比亚的奥赛罗那样觉得自己功高赏寡，郁郁不得志，在被派往边陲与吐蕃作战时，心中时刻想着叛变，但又因为爱上了汉族姑娘而心神不定；最后，他在情欲的牵引下走向这位汉族姑娘，却被入侵的吐蕃军人砍下头颅。这个故事对民族身份的问题做了深刻的探讨，最后将这种身份化为虚无，与将军被肢解的身体一同化为碎片，可以说施蛰存将通行的种族话语与中国历史上的民族差异问题相关联，考察自然情感与民族身份的对立。①

　　古代文学研究也引入了新历史主义视角。一条常见的路径是研究文人社交网对文人创作的影响，比如将清代文人记录雅集，融绘画和诗文于一体的写照性手卷与常州等地文人交往的生态互相关联，一方面可以凸显这些手卷的历史文献价值，另一方面也能更深刻地理解手卷各部分互相组合的"游戏规则"。画卷上诸家的题写可以看成一个文字群，彼此呼应但又体现细微变化。② 还有一条常见路径是研究古代文学与感官经验和情感的描写，这在主导对中国"抒情传

---

① William Schaefer, "Shanghai Savage", *Positions*, Vol.11, No.1, 2003, pp. 91-133.
② 徐雁平：《论清代写照性手卷及其文学史意义》，《文学评论》2017 年第 3 期，第 201—211 页。同时参见徐俪成：《汉魏六朝文人身份的变迁与文学演进》，上海人民出版社 2023 年版。这部著作结合外部研究和内部研究，将汉魏六朝士人身份的巨大转变与侍宴诗、檄文等文体的发展相关联。

统"进行研究的中国台湾学者中间更为普遍。郑毓瑜曾借用新历史主义方法研究《诗经》中的"兴"，即对自然景物反复吟诵的诗歌手法。她指出，《诗经》中的自然歌咏与其中诗作的人文主题之间不仅有着相似的关系，而且映照着物质融通流转的过程，"兴"的作用是揭示万物相连的图示。比如，周初气候严寒、干旱频仍，周朝南向发展，《诗经》中多次出现"南山"等意象，这些都包含着对君主泽被的政治期待。我们把《诗经》与气象历史联系起来，就可以看到，湿润的山坡成为君王庇佑的"兴"是因为两者有着物质性关联，通过人们对"湿润"的感官经验而彼此关联，沉淀在文字表达中。①

①　郑毓瑜：《引譬连类：文学研究的关键词》，生活·读书·新知三联书店 2017 年版，第 14—15 页。

第三节 ·
"交叉性"研究 ·

　　多元决定论告诉我们必须在各种矛盾冲突的交叉与叠加中考察意识形态和权力的运行，落实到文学研究中，我们可以说好的文学文本会以特定主题为切入点使这些矛盾汇聚，展现出风暴之眼。如前所述，一种融通的历史主义解读意在抽丝剥茧地构建一条话语线索（比如有关"孤独"的理论，或金融新闻写作），考察其与文学文本细节的关联，并说明这条话语线索如何折射或干预社会在物质和制度层面的变迁。不过还有一条不是那么常见的解读路径，就是考察意识形态在不同领域内的矛盾和斗争如何交汇于个人的身份建构。

　　20 世纪 80 年代到 21 世纪初可能是身份政治在文学研究中异军突起的时代，随后身份政治有些沉寂，但仍然值得我们继续追踪。当我们研究身份政治的时候，我们考察的是在当代西方资本主义社会中民众如何形成集体认同。阶级身份、种族话语、性别身份等社会身份的构成方式各有其脉络，但在任何一个历史时刻都是彼此勾连的，每一个社会中的人都同时被归于多个团体，在社会网络中占据一个异常复杂的位置。不同的社会认同维度彼此渗透，也彼此限制。比如"黑人女性"并非两种身份的叠加，更准确地说是两种身份的接合，"黑人"与"女性"都不可能单独成为身份标识，没有纯粹的"黑人"也没有纯粹的"女性"，这些身份标识只有在具体环境中与其他身份标识交接才能产生意义。研究这些认同模式之间的"交叉性"（intersectionality）就是研究在特定生产关系和特定语境中人们如何变成复合的现代人。英国唯物主义文化研究理论家霍尔在《种族、接合和霸权结构的社会》（1980）中批评对阶级或种族的单一性认识，反对将两者的关系视为物质主义和文化主义的分野，指出种族压迫是资本主义生产方式与陈旧生产方式相互接合的后果，阶级与种族作为两种社会身份有着内在关联。[1] 黑人女性法学学者克兰肖在 1989 年创造了"交叉性"一词，认为女性主义研究和黑人研究都忽略了黑人女性的经验，她举出许多司法实例说明反歧视法是以单一社会身份为对象的，衡量女性经历的时候以白人女性为主，衡量黑人经历的时候以男性为主，因此无法处理复合身份所遭受的系统性歧视。[2]

---

[1]　Stuart Hall, "Race, Articulation and Societies Structured in Dominance", in the United Nations Educational, Scientific and Cultural Organization (UNESCO), ed., *Sociological Theories: Race and Colonialism*, UNESCO, 1980, pp. 305-346.

[2]　Kimberlé Crenshaw, "Demarginalizing the Intersection of Race and Sex: A Black Feminist Critique of Antidiscrimination Doctrine, Feminist Theory, and Antiracist Politics", *University of Chicago Legal Forum*, No.1, 1989, pp. 139-167.

　　这种研究思路被广泛运用于有色女性和少数族裔经验的
研究，美国非裔、亚裔和拉丁裔女性作家的创作经常探讨性
别和族裔身份构成这两个过程的交叉，而研究者也经常关注
这个问题。美国亚裔作家汤婷婷的《中国佬》是一个早期的
典型案例，这本书中的第一个故事《白虎》是对花木兰替父
从军故事的改写，女主人公从军的经历被改写为挣脱父权的
历程，而后面的故事都体现了针对亚裔的歧视如何与亚裔家
庭内部的性别关系发生复杂的勾连，因此整部著作体现了一
种"双重批判"（double critique）视野，体现了对多重意识
形态机制共同作用过程的反思。"双重批判"的方法在当代
西方文学批评中出现频率很高，最早出处已经很难找到，至
少可以追溯到摩洛哥社会学家哈迪比，他推进了德里达等西
方解构主义理论家的思路，通过指出东西方文化内部的多元
性解构东西方差异。[①] 林语堂曾经用"双筒镜视角"（binocular
vision）的隐喻来指出自己对美国和中国进行双重审视的视
野，与"双重批判"的做法有异曲同工之处。[②] 在晚近的"双
重批评"式解读中，很多研究者都指出，非西方国家或前殖
民国家在试图挣脱西方霸权的时候，必须正视和面对自身社
会系统中可能导致社会失范、失序、停滞或不公的结构性因

---

① Abdelkebir Khatibi, "Double Critique: The Decolonization of Arab Sociology", in Halim Barakat, ed., *Contemporary North Africa: Issues of Development and Integration*, Croon Helm, 1985.

② Lin Yutang, *Between Tears and Laughter*, Kessinger, 2005, p. 4.

素。文化相对主义与某种松动的规范主义如何在具体历史场景中结合，如何贯彻为一种普遍的辩证原则，构成了一个重要的理论问题，也是文学批评中需要特别注重的问题。

在这方面，文学作品的思考比理论思考更为灵动。当代苏格兰女作家阿莉·史密斯的小说《纵横交错的世界》（2011）是一个经典案例。小说描写了一位主动成为流浪者的英国青年迈尔斯，由此告诉我们，流浪者并不是移民，不以最终融入和占有社会空间为目标，他们的生存方式以不断发生的偶遇为特征。这种偶遇不会导致边界和领土的纷争，而会促使个体在与他人短暂的交会中被触动，进而发生自我转变，并在此过程中建立更为灵活流动的主体间关系。[①] 偶遇是打破单一身份认同的最佳形式，流浪者在旅途中发现不同维度上的社会分层，发现不同种类社会压迫互相并行和交叉的态势，不断演练新的认同，用不加防备的肉身展示了在不同社会群体之间构筑对话、减缓冲突的可能，有助于优化城市空间布局和社会关系版图。这不是空洞的理想主义，而是一种对变化的期待。阿尔都塞晚年提出了"偶然唯物主义"，指出共产主义关系不仅仅存在于"帝国主义的空隙"中，也存在于所有绝对精神发展限度之外的"边缘地带"，

---

① 钱晟：《疗愈"陌生人恐惧"：〈纵横交错的世界〉中的全球化流动性政治》，《英美文学研究论丛》2022 年第 2 期，第 104—115 页。

在这里人们仍然可以延续和不断创造快乐的公共生活。[①] 这不是黑格尔在《逻辑学》中所言量变到质变的过程，这是对独特事件能否改变全局的根本性思考。

对交叉性的研究也可以向历史纵深处延伸。有学者在对18世纪晚期观念史的研究中指出，法国大革命时期的政治家西哀士是长文《什么是第三阶层?》的作者，他曾在笔记中设想建立一个以种族划分阶层的国家，白人居于生产领袖的位置，黑人做辅助性劳动，领导不同体型和适应不同工种的大型猿猴进行实际的劳作。[②] 这种设想说明源自18世纪生物学的早期种族思想与城市中逐渐凸显的阶层差异紧密相连。同理，学者埃德蒙森指出，19世纪西印度地区诸国的身份话语与维多利亚时期英国有关英国性的争论有着彼此构成的关系。作为一个地缘政治概念的西印度地区就被阴性化了，它被卡莱尔、狄更斯等英国绅士视为需要男性力量来触碰和唤醒的"睡美人"。[③] 同时，对黑人的吸纳又与维多利亚时期英国的阶级关系纠缠在一起，加勒比海地区黑人的教育变得至关重要，成为其提升阶级地位，融入英国社会或自立国家身

---

① 阿尔都塞:《论偶然唯物主义》，吴志峰译，《马克思主义与现实》2017年第4期，第117页。

② Wulf D. Hund, "Racist King Kong Fantasies: From Shakespeare's Monster to Stalin's Ape-Man", in Wulf D. Hund, Charles W. Mills, Silvia Sebastiani, eds., *Simianization: Apes, Gender, Class, and Race*, LIT, 2015, pp. 54-55.

③ Belinda Edmondson, *Making Men: Gender, Literary Authority, and Women's Writing in Caribbean Narrative*, Duke University Press, 1999, p. 27.

份的关键。这两项研究都告诉我们，自其诞生之始，西方现代社会的身份分化就体现出"交叉性"的特点。

所谓文学与历史的连接，其变化是无法穷尽的，我们可以考察文学与相邻话语体系的关联，也可以经由文学语言考察不同权力结构的交叉给个体和群体带来的复杂后果以及自由之路的征兆。文学形式细节可以折射感官现实，可以颠覆也可以再造，文学在与历史对话的同时也时刻在思考语言符号与感官经验的关系。

研讨专题

1. 新历史主义与其说是一种理论，不如说是一种文本分析方法，这种分析方法与阿尔都塞和福柯的批判理论有什么关联？

2. 如何将新历史主义分析方法落实到具体文学文本的分析和解读中？如何建构有效而具体的历史语境？如何建立文学文本细节与同时代非文学话语之间在修辞方式和表达习惯上的勾连？

3. 在讨论文学中的身份建构时，我们应该如何应对不同身份的交叉重叠？

拓展研读

1. Kimberlé Crenshaw, "Demarginalizing the

Intersection of Race and Sex: A Black Feminist Critique of Antidiscrimination Doctrine, Feminist Theory, and Antiracist Politics", *University of Chicago Legal Forum*, No.1, 1989, pp. 139–167.

2. Catherine Gallagher, Stephen Greenblatt, *Practicing New Historicism*, University of Chicago Press, 1990.

3. Stephen Greenblatt, "'Towards a Poetics of Culture': Text of a Lecture Given at the University of Western Australia", *Southern Review*, Vol.20, No.1, 1987, pp. 3–15.

4. 阿尔都塞:《保卫马克思》, 佚名译, 商务印书馆 1981 年版。

5. 米歇尔·福柯:《词与物——人文科学的考古学》, 莫伟民译, 上海三联书店 2016 年版。

6. 米歇尔·福柯:《疯癫与文明: 理性时代的疯癫史》, 刘北成、杨远婴译, 生活·读书·新知三联书店 2007 年版。

7. 芮塔·菲尔斯基:《批判的限度》, 但汉松译, 南京大学出版社 2023 年版。

8. 黄卓越、戴维·莫利主编:《斯图亚特·霍尔文集》, 中国社会科学出版社 2022 年版。

第三章

/ Chapter 3 /

身体转向：
文学与情感和认知

　　我们在讨论文学与社会的关联时，强调了历史是一系列相互交织的话语脉络。然而，历史不仅是话语的历史，而且是身体的历史，历史也总能落实到被感知的现实，即具身经验。文学作品，究其本质，不是悬空的话语集成，而是语言符号与具身意识的互动，作品是动态的，而非静物。这里所说的具身意识，指的是与身体和感官经验绑定在一起的意识功能，包括感知、观念、思维、情感和意愿等各维度。

　　如果说本书的第一章和第二章探索了文学研究自 20 世纪以来的两个转向，即语言转向和历史（语境）转向，那么进入 21 世纪后，文学研究又迎来一个新的前沿阵地，开始关注具身意识问题。当然，我们不应该把这三个文学研究的面向视为三个不同阶段，意识问题一直渗透在前面两种研究范式中，甚至可以说是文学研究职业化之前人们对文学的兴趣所在。文以教化，从传统的诗话、书话到晚近的公共文学评论，对文学的讨论无不强调文与"人"的关联，即作者的风骨如何进入文字，而文字又如何感动或影响读者。由于 20

世纪以来的文学研究职业化往往强调科学标准，抵触批评人的主观性，因此对阐释过程中身体的参与不加关注，文学如何影响具身意识的问题也就无从着手。然而时过境迁，进入21世纪后，文学的历史化研究及其对政治和社会问题的关注面临困境，因为其与社会变革脱节而成为空谈，这使得人们开始严肃思考文学对个体的影响，也就是对生活在具体社会语境中肉身的人的影响。从激进的政治革新角度来说，历史性文学研究是为了挖掘文学建构意识形态和权力关系的功能，但其目的又不止于此。詹明信凭借《政治无意识》开创的文学政治批评体现了"激进左翼"思想对抽象人文精神的批判，相较之下，本书第二章所勾勒的对文学和社会关系的研究体现的是一种较为宽泛意义上的政治立场，包容不同类型的左翼立场以及与之相通的女性主义、反种族主义、生态思想等促进社会正义的思想。[1] 然而，这两种文学政治观都无法观照文学如何在批判社会之余有所建构的问题，文学如果只是被用来诊断，而无法成为解药，是很令人不快的一件事。本书第二章提到了"修补性解读"这个概念，要修补就必须深入探讨文学作品如何反作用于现实，就需要考察文学对具体身体和意识的影响作用。因此，文学如何呈现具身意

---

[1] Joseph North, *Literary Criticism: A Concise Political History*, Harvard University Press, 2017, p. 102.

识，文学如何与具身意识交接并对后者产生作用，就成为两个核心问题。

前一个问题比较好回答，仍然属于前一章讨论的文学与社会关系的范畴，在前一章里我们也看到了一些例证，比如《包法利夫人》中"歇斯底里"的描写就指向了文学如何呈现具身意识这个大问题。我们研究文学中的具身意识，绝对不是要与历史脱节，而是要考察复杂社会系统如何以语言符号为媒介，与个人的身心系统发生互动。后一个问题，即文学如何反过来塑造读者的具身意识——情感、认知和自我观念，回答的难度非常大，也没有完备的理论工具和方法论，包括中国文学研究界在内的国际文学研究界尚在摸索中前行，对这个问题的探索有望打开文学研究的许多未知领域。这些正在进行的探索正是本章论述的中心。第一节至第三节主要讨论文学是如何呈现情感、认知和意识的，第四节从"新文科"角度出发主要探讨文学是如何形塑具身意识潜力的。

第一节　●

文学与情感　●

一、何谓"情感"

何谓"情感"？这种不可言说之对象正是情感研究的难点所在，我们只能说情感是人们对事物的直接而主观的评价，是人们所谓主观性的最重要征兆。感官知觉捕捉到的信息对人体产生某种影响，呈现为一种主观感受；这种感受与判断和评估过程相结合，也经常呈现为某种行动力或行动倾向。这种与判断和行动相连的主观感受就是情感。我们可以说疼痛是一种感觉，与此相伴生的恐惧或憎恶就是情感，因为恐惧和憎恶代表人对外界事物的主观反应和态度。这种主观反应可以直观显现为观念，也可以经由更曲折的过程转化为有关情感的观念。比如许多人即使不反思自己当下的心理状态，也知道自己正在经历愤怒或恐惧等情感；但也有些人一时难以定义自己的主观感受，只能陷入沉默或借用通行的语言模式和文化脚本来尝试表达。焦虑和抑郁等词可以被认为是难以名状的情感的替代性表达，难以穷尽主观层面的感受，也经常导致这些感受的屏蔽和异化。未与观念和语言相连的感受很难被称为"情感"，也就是说，即便没有愤怒这个表述，与愤怒相似的生理变化和应激行为也仍然可能发生；但没有转化为观念的愤怒则很难被称为主观性感受，与日常语言中对情感的理解相悖。

无意识的情感与主观性情感类似，也体现了身体对内部或外界环境的评估和反应，但两者也有重大差别，因此不同的学者以不同方式对其命名，将其区别于主观性、观念性情感。情感神经学开创人之一勒杜在 1996 年提出情感发生的两条回路：一条从丘脑通向杏仁核，快速简易，直接产生身体反应；另一条从感觉皮质通向杏仁核，进程较慢，与意识相通，形成情感观念。二十年之后，勒杜建议将由下皮质回路引发的人体抵制外界威胁的自动反应称为"防御回路"（defensive circuits），与依赖前额叶回路和顶叶回路生成的主观性情感加以区别。[1] 在哲学领域，德勒兹使用"情动"（affect）这个词来表示身体强度的变化。这种变化凸显了身体与外界不间断的物质交换过程，不会凝结为观念或成为稳定意识的一部分，也不会被语言和社会规范捕获。"Affect"一词源于 17 世纪荷兰哲学家斯宾诺莎，他用"affectus"表

---

① Joseph LeDoux, *The Emotional Brain: The Mysterious Underpinnings of Emotional Life*, Simon and Schuster Paperbacks, 1996, pp. 161-165. Joseph E. LeDoux, Daniel S. Pine, "Using Neuroscience to Help Understand Fear and Anxiety: A Two-System Framework", *American Journal of Psychiatry*, Vol. 173, No.11, 2016, pp. 1084, 1086.

示情感，把它作为与身体"努力"（conatus）的强度变化相对应的观念。德勒兹借鉴斯宾诺莎，强调情感与身体强度变化的关联，并对斯宾诺莎将身体与观念相连的早期现代观念做出了后现代的改造。

不论我们使用"情感"这种日常观念（在英语中可以对应 feeling、emotion、affect 等词），还是使用特指无意识的"情动"观念，都必须将其追溯到物质性身体与环境交互后发生的物质性过程。有时候想象的事物，比如一个虚构人物或意象，也会激发情感，但视觉或听觉想象的机制与视觉和听觉本身非常相似，需要依靠感官和身体性经验才能成立。没有身体和感官，"缸中之脑"无法产生和体验人类日常语言所定义的情感。

与此同时，情感的建构性及其与社会环境的关联也不容忽视。研究情感的科学学者和人文社科学者都深刻认识到这一点，虽然他们的观点有重要差异。认知学家和心理学家指出，情感不只是身体变化的主观投射，与认知也有重要交接，这里的认知既包括非反思的直观认知，又包括以语言和社会规范为媒介的规训式认知。美国神经心理学家拉塞尔指出，所有观念性情感都与某种被直观认知的感受相连。观念性情感的生成过程有一个出发点，即"核心情感"（core affect）。所谓"核心情感"，就是"可以有意识通达的作为最简单原始（非反思性）情感的神经生理状态"，这些情感会沿着"激活程度"（activation）和"愉悦程度"（pleasure）两条轴线变化。"核心情感"没有明确的目标，"不具有反思和认知的性质"，是直接被给予的。不过，"核心情感"与原因和对象绑定之后成为"被归因情感"（attributed affect），语言在这个环节中发挥了"元情感"的作用，使得切身感受与普遍范畴相连。拉塞尔将完整的情感表达称为"情感篇章"（emotional episode），强调其建构性，说明情感不仅依靠神经回路，也是一种文化脚本。[①] 心理学学者舍雷尔在《何谓情感》一文中同样将情感视为"篇章"，认为它由"五个或其中大部分有机系统里同时发生的互相关联的状态变化"构成，显示了对外部和内部刺激是否符合生命体需求的评估。[②] 换言之，情感并不是一个单纯的主观感受，而是在特定文化语境中的集体性建构。

与情感科学相比，社会科学中的情感构建理论更强调社会对心理的塑造作用和情感认知的社会性，注重情感生成中情境的作用。这也就是说，社会科学同样认可情感的直观基础，但将其与个体的直接感受拉开距离，凸显了情感经验的

---

① James A. Russell, "Core Affect and the Psychological Construction of Emotion", *Psychological Review*, Vol.110, No.1, 2003, pp. 145-172.

② Klaus Scherer, "What Are Emotions? And How Can They Be Measured?", *Social Science Information*, Vol.44, No.4, 2005, p. 697. 舍雷尔在 1987 年就提出了情感是一个动态过程的观点，参见 Klaus Scherer, "Toward a Dynamic Theory of Emotion: The Component Process Model of Affective States", *Geneva Studies in Emotion and Communication*, No. 1, 1987, pp. 1-98.

形塑和规训作用。民族历史学学者舍尔明确地提出情感是一种实践，包括启动、命名、交流和管理等诸多环节，并勾勒了"社会结构对身体的渗透"以及两者在情感生产中共同发挥的作用。[①] 这个观点在 20 世纪 70 年代人类学家的研究中已经非常显著，如本书的第一章所述，与舍尔同时代的社会学家维瑟雷尔等学者也提出了类似观点。

那么，无意识情感与观念性、建构性情感是什么关系？在情感科学看来，两者虽有交集，但不会互相干扰，也不会互相转换。勒杜就主张将表达主观状态的情感词汇与"位于非由主观控制行为基底的神经回路"相区分。[②] 但精神分析学和人文社会科学对主观情感和无意识情感关系的认识不同，认为无意识是一个与语言和文化辩证相通的领域，两者的互动和转化会使肉身经历其情感生涯发生的变形。

我们以弗洛伊德的"压抑"（repression）理论为例初步说明人文社科领域如何看待情感在意识与无意识之间的跨越。《压抑》（1915）一文延续了弗洛伊德早年有关歇斯底里和强迫性神经官能症的研究。他表示，某些心理驱力以及与之相伴随的情感会被阻挡在意识之外，但这些驱力和情感的

---

① Monique Scheer, "Are Emotions a Kind of Practice (And Is That What Makes Them Have a History)? A Bourdieuian Approach to Understanding Emotion", *History and Theory*, Vol. 51, No.2, 2012, p. 199.

② Joseph LeDoux, "Semantics, Surplus Meaning, and the Science of Fear", *Trends in Cognitive Science*, Vol.21, No.5, 2017, p. 303.

表征会产生与自身相关但距离足够远的衍生物，后者就可以"自由通抵意识"。① 比如某些禁忌性欲会转变为一种对特定事物的恐惧而进入意识。这种压抑机制告诉我们，无意识情感（情动）与意识是相通的，但只能以一种类似隐喻和象征的隐微方式出现。

总之，"情感"源于身体与物质和社会环境的交接，会因为神经运作的性质与社会脚本的限制等因素的共同作用而以不同形式浮现于观念。有时候，观念与身体性情感紧密契合，赋予人同一性。这种同一性并不是主体性的唯一源泉，却是其重要根基。但在其他情境下，情感却呈现出一种不可知的特性，成为意识中的异己之物，使人与自身产生疏离和隔膜，取消主体性。因此，我们必须在这里对宽泛意义上的"情感"——包括观念性情感和无意识情感，做出一个充满悖论性的定义：一方面，情感是主观世界显现自身的方式，在很大程度上被直观感知而进入意识；另一方面，情感又是不可知的，无意识的情动有时与意识隔绝，有时曲折地通向意识，其间会通过物质环境、社会性语言规范和权力结构等多个中介。身体的讯息与观念建构之间有着许多不完全敞开的通衢，正是这些通道使得被建构的情感成为符号，既不能

---

① Freud, "Repression", in James Strachey, ed., *The Standard Edition of the Complete Psychological Works of Sigmund Freud*, The Hogarth Press, 1981, p. 149.

被遮蔽又无法被揭示。因此，情感也是主观世界边界模糊，受到语言和社会干扰形塑的一个表征。总之，情感是自我之所以成立的基础，也是自我瓦解的缘由。

哲学、心理学、认知科学都提出了许多情感理论，都认同情感与五个方面的变化有关，即评估、自动生理变化、行动趋向、肌肉运动表征、主观感受，但它们之间的相互关系错综复杂，不能用简单因果来表述。在直观性和建构性之外，情感还有很多其他面向可以作为分类标准。比如：可以根据有没有明确目标和对象（比如对谁或什么生气）对情感进行区分，有学者认为无对象情感可以被称为"情绪"（mood）；[1] 倪迢雁在《丑陋情感》中对减少愉悦度的消极情感进行分类，从中分离出一类"否定性"情感，即没有对象或试图否定对象的情感。[2] "情感"的精确定义和分类方法没有定论，只能根据具体的聚焦点进行调整。

二、何谓文学情感研究

有时候，我们需要使用新历史主义的研究方法，考察情感话语与其他话语的关系，也需要强劲的形式分析，阐释文

---

[1] Achim Stephan, "Moods in Layers", *Philosophia*, Vol.45, 2017, pp. 1481-1495.
[2] Sianne Ngai, *Ugly Feelings*, Harvard University Press, 2005, p. 11.

学作品形式与意义的多维度展开。从文学的角度来说，最关键的可能不是确定最为复杂合理的情感分类系统，而是以情感问题为契机，考察主体构成、社会情境和话语系统之间的错综关联以及这种关联对观念构成的作用和影响。简而言之，就是考察处于社会情境和话语系统之中的身心互动机制。观念性情感在直观性和建构性之间滑动，始终不会僵化地停留在某处。因此，文学情感研究需要解决两个核心问题：

我们如何判断话语中的情感？情感范畴作为话语构建，与某些直观情感经验对应，因此大部分读者是可以从人物行为、表情和叙事者所用的情感范畴来辨别人物所承载的情感，并达成一致的。不过，这些情感范畴并不一定对应情感经验，也与早期现代的身心理论、道德哲学、美学、医学、性别话语、历史学和社会科学（政治哲学和社会理论）等话语对接，可以被分析、还原为建构情感经验的过程，展现情感的建构性。与此同时，有很多情感经验并不一定用情感范畴表达，我们在 18 世纪小说中发现许多主题和形式上的特征，都在暗示，而非表达情感。

与上述问题相关，我们需要考察文学语言如何构建身心关系，如何与同时代其他形塑身心关系的社会环境、话语系统发生互动。对文学形式十分敏感的新历史主义阐释框架总是尝试在文学形式和相关话语体系之间建立关联，说明文学形式和体裁的演变与话语体系及其所依托的政治经济关系之间的互文关系。文学情感研究也同样遵循这个原则，但回到前面的第一个问题，"情感"作为研究主题和对象并不稳定，有时是直接的心理刻画与情感表征（表情、声调等）书写，有时是暗示性的景物描写，有时是身体姿态描写。要把这些形式细节特征与探讨情感的跨学科话语系统并置在一起，考察它们之间互相渗透和影响的关系，这应该就是文学情感研究的主要内涵和意义，也是其独特的挑战。

首先，我们来探讨一下如何在文学文本中辨别情感经验。

我们在阅读文本的时候，一般要判断文本中呈现了什么样的"情"，但因为经验性情感并不完全与观念性情感对应，因此文学情感研究的第一步非常困难。我们往往无法解读情感，而是需要大量揣测，这个揣测的过程就是重新建构文本情感的过程。

文学作品的解读可以聚焦于显性主题，比如文学文本中描写的战争和政治经济格局，然而一旦我们开始解读文本对应的"主观世界"，就必须要面对不确定阐释的问题。文学情感研究将文学阐释的难度最大化地展现在我们面前。文学文本展现的是一种什么样的个体和时代精神？而文本的作者——当然这永远只能是我们建构起来的作者——对这种时代性情感又持有什么态度？这就是文学情感研究的本原性问题。

在西方文学研究的脉络中，情感向来是一个复杂的问题。雷迪在《感情研究指南：情感史的框架》一书中提出"衔情式话语"（emotives）这个概念，指"直接改变、构建、隐藏或强化情绪的工具"，但这个话语的边界很难划定。[①] 文学文本中的所有语言都可能是衔情话语，我们可以分四个类别说明：

（1）情感范畴：如果文学作品中直接出现"悲伤""惊讶"等字眼，那自然会给予读者较大的提示。但虚构人物的内心世界通常十分复杂，即便叙事者指出他们的情感状态，也仍然有很多有意识和无意识的内心活动如同海面下的冰山。海明威提出了这个"冰山理论"，也在自己的作品中践行了这种创作原则。如果一个故事的叙事者不可靠，那读者就更不能把叙事中的情感范畴当真，康拉德、亨利·詹姆斯和麦尔维尔等作家都以使用不可靠叙事者著称。

（2）情感征兆：文学作品经常对人物的行为举止进行描绘，也会通过内心独白和心理转述等手段描绘内心活动，但不直接使用表示情感范畴的词汇来对人物的情感状态加以揭示。与此同时，有很多情感状态是复合而模糊的，可能是有意识情感和无意识情感叠加和交织而成的。这时候，读者只

[①] 威廉·雷迪：《感情研究指南：情感史的框架》，周娜译，华东师范大学出版社2020年版，第9页。

能以文本中包含的线索和征兆为依据推测人物的情感状态。契诃夫的短篇故事和剧作《海鸥》中都出现了突然拔枪自杀的人物，但并没有向我们揭示其心理动因，这时候读者就需要做出揣测。20 世纪小说对人物内心的展示愈加隐晦，当代黑奴叙事、犹太人大屠杀小说和女性小说刻画了不少因为过往的创伤而承受忧郁、焦虑等情感状态的主人公。

（3）情感特质：文学中的情感不仅与虚构人物有关，也与作品整体的精神取向有关，在抒情诗中与言说者相连，在叙事作品中与叙事声音相连，有时候显现为"语调"，有时候显现为"美学特征"。倪迢雁曾分析"语调"（tone）这个叙事元素，认为在形式分析中"语调"经常被理解为"态度"或"立场"，但其实这两者都与情感相关。对文学作品"语调"的解读是对文本总体价值取向的解读。比如"偏执"（paranoid）这种情感基调被认为是后现代小说中常见的情感基调，托马斯·品钦的小说《拍卖第 49 批》（1966）是其中的代表。该小说主人公是一位居住在加利福尼亚州的主妇，因为观察到城市中遍布的一些记号而开始怀疑是否存在一个秘密的收寄邮件的地下组织。这种对不可见和无法确定的系统性力量的阴谋论式揣测引发了不安，使人惶恐也使人自嘲。这种复杂的情感不仅属于女主人公，也可以被认为是小说叙事者的心理状态。情感特质同样蔓延在文学作品的审美取向中，我们经常使用"崇高"或"秀美"等审美范畴描绘文学作品，这实际上隐含着对作品总体情感倾向的判断。比如雪莱的《勃朗峰》就是"崇高"诗学的一个例证，它描写了阿尔卑斯山勃朗峰的险峻巍峨之相，思考强大的自然是否能与基督教信仰兼容的时代性问题，最终给出了一个较为肯定的回答，认为自然与精神相通，自然贯穿着神秘而宏大的精神力量。因此，"崇高"这个审美范畴与一种乐观的信念相连，表达对人与世界和谐关系的肯定，《勃朗峰》的"崇高"背后是拨云见日的欣慰感。正如文学作品的"语调"是一种具有政治内涵的文化态度，审美取向也是作品整体对生活世界的回应，具有干预观念和权力关系变化的政治功用。当代审美范畴紧密地与资本主义时期的生产关系和社会分层相关。倪迢雁在自己的第二本著作《我们的审美范畴》中指出了三个最常见的审美范畴，其中最引人注意的可能是"萌"（cute）。当人们认为一个事物很"萌"的时候，是觉得"无助之物被同情和怜悯"，也是在表达一种对其占有的欲望。[①] 情感与审美的连接也在与历史政治紧密地对话，"萌"物的流行印证和加剧了商品拜物的逻辑，让人们给无生命事物赋予机械性生命，但同时也让人们产生一种对其客观特质有所把握的幻觉。

---

① Sianne Ngai, *Our Aesthetic Categories: Zany, Cute, Interesting*, Harvard University Press, 2015, p. 60.

（4）情感暗示：文学作品中看似与人物情感无关的细节和描写都可能是某种情感的暗示。《包法利夫人》是最为著名的文学案例，小说中包含大量对城市、小镇、农庄自然风光和家居物什的描写。这些描写不仅还原了历史背景，而且具有重要的情感功能：一方面以景写情，暗示人物情感；另一方面暗示叙事者看待景物的方式，隐含对包法利夫人追求感官和情感满足的方式的批判，提示她摆脱自身狭窄视野的可能。同理，我们在狄更斯、巴尔扎克、乔伊斯、沃尔夫、罗伯－格里耶等作家笔下都能看到大量对物品的描写，比如狄更斯《荒凉山庄》中的典当铺和《驴皮记》中的一众商品笼罩着"异化"的浓重阴影，凸显了人被物役使也因此沦为物的伤痛。

这告诉我们，文学作品中的所有元素都具有表情功能，都可以被认为是"衔情式话语"，对文学作品的"情感"做出阐释就是对整部小说展现的多重内心世界——包括人物和作者内心世界做出合理阐释，也是对这种内心世界的生成语境和政治批判意义做出解读。这也是文学情感研究的特殊难度。

从中文语境来说，"情"的用法一般是与语言联系在一起的。中国文学如何表情也是一个基础性问题，对情的呈现也以各种形式手段实现。除了使用情感范畴和情感征兆来写情，中国文学还大量使用物和景的描写。与此同时，对文学作品整体性的情感基调也有诸多解释方式。

陈世骧先生于1969年撰写《原兴：兼论中国文学特质》一文，由此奠定了他后来于1971年提出的"抒情传统"的论调。他在文中指出，《诗经》中"兴"这种手法模拟"原始舞蹈时人们发出的激动的呼声"，达到"韵律与意念的交互感应"。^①徐复观在《释诗的比兴——重新奠定中国诗的欣赏基础》中也将"兴"的手法与情相连："兴的事物和诗的主题的关系……是由感情所直接搭挂上、沾染上，有如所谓'拈花惹草'一般；因而即以此来形成一首诗的气氛、情调、韵味、色泽的。"^②"兴"并非无意义的语言重复，而是标志着情感被事物触发而外显的过程。李志春对这种说法做了补充，认为"兴"所寄寓的情感并非自然情感，而是"凝聚着生活世界的伦理价值"的道德情感，作为言此意彼的手法，"兴"不仅仅搭建了一条符号链，更是在其中注入了感物兴情这种物质性的流转变迁。^③

中国诗词中的景物描写对情感呈现的重要性不言而喻。基于高友工先生有关律诗是中国抒情文学"美典"的断言，

---

① 陈世骧：《原兴：兼论中国文学特质》，载陈国球、王德威编：《抒情之现代性："抒情传统"论述与中国文学研究》，生活·读书·新知三联书店2014年版，第77页。

② 徐复观：《中国文学论集》，九州出版社2014年版，第93页。

③ 李志春：《从"即生言性"看自然情感与道德情感之关系：以〈性自命出〉为契机》，《国际比较文学（中英文）》2022年第1期，第123—140页。

吕正惠对律诗中景物描写的情感功用做出分析。她指出，古风是"感情直接的表现"，而律诗却将情感熔铸在固定形式中，律诗的中间四句描摹意象，并构成两个对句，此处描写的自然意象因为对句的使用而得到固定和强调，经历了一个"本质化"过程，而一首律诗的最后两句也就因此可以顺利地将感官印象转变为对情感的呈现和感悟。我们可以在李商隐《锦瑟》的最后两句"此情可待成追忆，只是当时已惘然"中清晰地体会到感官经验是生命最真实核心的情感。①

如在西方文学中一样，中国文学中的"衔情式话语"不仅与物和景的书写相关，也体现于中国诗歌贯穿的整体性情感基调。陈世骧在分析"兴"的文章中也对诗歌的情感基调加以解释："诗所流露的精神或情绪的'感动'，此物不可割离，分布于全诗；所以我们称之为'气氛'，并以为我们已经体会到某种'诗情'。"② 这也可以追溯至刘勰对情的看法，他在《情采》篇中提出"文采所以饰言，而辩丽本于情性"，在《物色》篇中提出"岁有其物，物有其容；情以物迁，辞以情发"。③ 蔡宗齐在刘勰所论基础上总结出有关六朝"情

① 蔡英俊编：《中国文学的情感世界》，黄山书社 2012 年版，第 26、29 页。
② 陈世骧：《原兴：兼论中国文学特质》，载陈国球、王德威编：《抒情之现代性："抒情传统"论述与中国文学研究》，生活·读书·新知三联书店 2014 年版，第 77 页。
③ 刘勰著，詹锳义证：《文心雕龙义证》，上海古籍出版社 1989 年版，第 1157、1732 页。

文"的理论，认为创作意象的过程即"情、物、言这三者的互动"①。正如陆机《文赋》所言："情曈昽而弥鲜，物昭晰而互进。倾群言之沥液，漱六艺之芳润。"②同样的观点甚至可以延伸至小说。萧驰曾富有新意地指出，才子佳人小说的骈偶现象和小说中嵌入的诗歌有很多同构之处，体现了宇宙结构的规则性和对称性，流露出一种"感性的乐观主义与理性的乐观主义的统一"③。

可见，情的含蓄是一个跨文化现象，不能简单归于某一民族的表情方式。情感作为一种建构和实践，急切召唤着读者的阐发和解读。虽然我们在这一节中表示，考掘和说明作品呈现的情感是文学情感的基础，但这也构成一个完整的阐释循环，可以被认为是文学情感研究的终点所在。我们对文本情感的指认也是对其内涵的整体性阐释，需要调动文学研究的所有工具。

---

① 蔡宗齐：《"情"的概念何以拓展——从先秦"情""性"论辩到两汉六朝文论中的情文说》，《探索与争鸣》2020年第2期，第47页。
② 齐云主编：《古文观止》（增补本 上卷），辽宁大学出版社1998年版，第813页。
③ 萧驰：《从"才子佳人"到〈石头记〉——文人小说与抒情传统的一段情结》，载陈国球、王德威编：《抒情之现代性："抒情传统"论述与中国文学研究》，生活·读书·新知三联书店2014年版，第566页。

三、为什么要研究情感

为什么要研究文学中的情感？也就是说，研究文学中的情感应该受什么样的问题意识的指引？一般来说，分析作品中的情感是为了说明情感构建与生活世界的关联，说明生活世界中贯穿人与物的交感兴会，对我们理解每个时代心灵与社会构成的方式有着重要作用。文学情感研究有很多主题，比如医学、法学、政治、经济、伦理学话语与意识构成之间的关联，不过所有这些主题都必然与不同时代身体与心灵交接的方式以及不同维度意识的互动方式有关，因此也都与主体在历史中演变的问题紧密衔接在一起。所谓"主体"，所谓"主体性"，在当代现象学理论中指的是自我觉知，即自我的"被给予性和可达性"，这种觉知是所有意向性行为的有机组成部分。① 自我觉知不依赖反思，但反思有助于形成更清晰连贯的自我观念，加强主体性。②

---

① Dan Zahavi, *Subjectivity and Selfhood: Investigating the First-Person Perspective*, MIT, 2005, p. 12
② Zahavi 对自我意识的观点源于现象学。萨特将反思分为"纯反思"与"不纯反思"两种形式。在"纯反思"中，反思者与被反思者合二为一，但在"不纯反思"中，反思者与被反思者分离，自为（反思者）考察自在的心理状态与活动（被反思者），这些现象"超出自为又支持自为"，会经由反思再次与自为统一。参见萨特：《存在与虚无》（修订译本），陈宣良等译，生活·读书·新知三联书店 2014 年版，第 215 页。在此基础上，Zahavi 鲜明地反对将自我意识视为"高层意识"（higher-order consciousness）的观点，因为"高层意识"预设一种"二元性"（duality），认为自我意识具有反身性，但反思无法产生意识活动为"我的"这种以"同一性"（identity）为本质的感受。参见 Dan Zahavi, *Subjectivity and Selfhood: Investigating the First-Person Perspective*, MIT, 2005, p.28.

这一部分先分析西方文化史上情的观念及其与主体观的关联，再转向中国。

17—18 世纪，情感理论在西方大量出现，是有着明确的社会和政治背景的。对启蒙时期的欧洲来说，情感能否在物质性身体与理性之间进行斡旋并使两者达成某种协调的问题具有重要的社会和政治意义，不论是商业社会的有序发展，还是政治主权从绝对君主向公共领域的迁移，都以特定的"人"为条件。能自发构成和谐共生的私人和公共领域的个体必须有充沛但可知且可塑的情感，这样的人具有内在性，能根据自身感受制定道德规则，同时又向他人敞开，能感知他人情感并以普遍感受为标准调节自身感受。因此，17—18 世纪出现了大量情感理论，成为"人类科学"（休谟所谓 Science of Man）的关键组成部分。对情感机制、功能及其是否会溢出理性控制的探讨是启蒙时期道德哲学、美学、历史学和社会学的一个核心任务。层出不穷的情感话语旨在论证现代人是否能以情感为纽带使身体和心灵实现整合，是否可以依据情感树立道德和审美判断的标尺而不至于被强烈的身体性激情所左右，用当代理论术语来说，这就是在论证人是否具备"主体性"。正是有关情感的探讨决定了启蒙思想中有关"内心""私人""社会"的思考，决定了西方现代文化的走向。这些理论的涌现体现的是对人是否能成为人这个重要问题的思考。[①] 以往我们一直认为 18 世纪启蒙时期见证了现代占有性个人主义的崛起，但此时形成的现代主体观念是个人权利与人际和谐的平衡，这一时期可以说是早期系统论的形成时期。

　　写实性短篇小说，是私人内心的写照，在 18 世纪的欧洲小说中快速发展起来。18 世纪小说试图协调个人主权与外在限制之间的冲突，与启蒙时期主体观的丰富性具有互文关系。这些作品一方面强调私人内心和情感可以被描摹、概括，是由私人占有的财产；另一方面强调私人内心总是向公共流通和交往的领域敞开，呈现为不断表演的姿态和没有确定的真相，无法被任何个体完全占有。西方现代小说在之前叙事文学的基础上做出重要创新，发展出凸显人物多维度内心，体现人物与环境之间复杂关系的多种叙事和描写手法。[②] 情感小说通过对私人领域和个体"内心"的描摹构建国家政体的隐喻，将个人情感选择的权利作为公民主权的隐喻，因

----

① 在 18 世纪之后，我们可以看到西方观念史中有关情感与主体性的问题，即情感与知性和判断关系的反复讨论，此处不做展开。可参见金雯：《情感是什么?》，《外国文学》2020 年第 6 期，第 144—157 页。晚近，努斯鲍姆基于伦理视角对情感加以考察，延续了 17—18 世纪对情感的伦理功用进行分类的做法，对情感在当代美国社会和政治中发挥的作用提出了比较系统的见解。努斯鲍姆"对羞耻与厌恶总体持否定立场"，但在对待恐惧与愤怒的问题上，"则有一个渐变的过程"。参见范昀：《情感与正义：玛莎·努斯鲍姆的审美伦理世界》，浙江大学出版社 2022 年版，第 131 页。
② 国内学者中，黄梅最早将 18 世纪英国小说与"现代主体"相关联，影响很大。参见黄梅：《推敲"自我"：小说在 18 世纪的英国》，生活·读书·新知三联书店 2003 年版，第 9 页。本书试图将"现代主体"的问题精确到"内心"概念的生产，并与"虚构真实"概念相关联，对现代欧洲小说的兴起做出新的阐释。

而具备社会与政治批评的功能。用麦基恩的分析来说，18世纪小说中"政治统治的公共术语被用来考察和指涉家庭的性质"①。

18世纪主体观与中国文化有着比较重要的关联。17—18世纪西方有关人之为人的根本认识与儒家思想的传入有着重要关联。宋明儒学对西方的影响在利玛窦、李明、殷铎泽、柏应理等传教士以及基歇尔等早期东方学学者的笔下发酵，对从未踏足亚洲、对亚洲接触甚少的欧洲思想家产生了重要影响。莱布尼茨曾在一封给白晋的信中指出："……真正的实践哲学（真正的，不是模仿的哲学，像他们说的我们罗马的法律家一样）与其说是德性和权利的一般概念，还不如说是教育、人们之间交流与交际的良好秩序。"② 如果说欧洲人的意识如单子，必然与神的认知相连，是神的认知的某种角度，那么中国人的意识就是在经验和人际互动中构成的，基于对宇宙万物的具身感受。莱布尼茨对中国的自然神学既有肯定也有否定，虽然这种自然神学无法逼近必然真理，但保留了仁爱，并避免了宗教教派的内讧。

中国文化和文学研究者与莱布尼茨的思路有共鸣之处，也同样认为中国人讲究个体之间的流转依存，而情感就是这

---

① Michael McKeon, *The Secret History of Domesticity: Public, Private, and the Division of Knowledge*, The Johns Hopkins University Press, 2005, p. 120.
② 方岚生：《互照：莱布尼茨与中国》，曾小五译，北京大学出版社 2013 年版，第170 页。

种循环关联的表征。这种观点有其依据，在中国思想史和文学史中都有所体现。

　　李泽厚提出的情本体论就是试图强调中国文化思想中情的根本地位。李泽厚将人的生发与人的本质都置于万物感应和流动之中，"反对以伦常道德作为人的生存的最高境地，反对理性统治一切，主张回到感性存在的真实的人"，回到"群居动物的自然本能"。[①] 这种立场可以称为情本体论，这里的"本体"指的是经验的核心及其物质性基础。李泽厚特别指出，"心性之学"并非中国文化神髓，宋儒所谓"心统性情"，是把道德律令放置于"情"之上，然而，如果我们将"仁"视为"性"，即超越经验的"天理"，我们就难免从具体的情境、情感退行至抽象的理性本体。在今天看来，虽然"自然本能"一说应该加以调整，加强与生活世界伦常的勾连，但情本体论准确地言说了情作为世界物质性链接的表征属性，对中国人主体观念的流动性表述得也比较到位。

　　从文学研究来看，受抒情传统理论体系影响的学者在中国文学传统中勾勒出一种特殊的写情传统，在文学中考掘情感发源于人与自然的交感应和的观点。郑毓瑜在研究先秦诗赋和六朝情境美学的时候特意强调中国传统中常见的"感性的主体"（这种说法不仅与李泽厚的情本体论相通，也可以

[①] 　李泽厚：《李泽厚对话集：中国哲学登场》，中华书局2014年版，第60、64页。

追溯至更早的牟宗三的著作《才性与玄理》）。郑毓瑜指出，《诗经》《楚辞》和汉赋中大量的重言叠字既写物也表情（比如"灼灼"不仅描写桃花的美盛，也体现了女性婚嫁顺应时节的状态），体现了人与物之间界限的消弭，连接不同物种，将宇宙视为"人与万物共存共感、相互应发，也同步显现的'相似所在'"①。与此相比，六朝文人创作也同样体现了"感物"原则，不仅继承了先秦两汉"感于物而动，故形于声"（《礼记·乐记》）等应物情动的讲法，"更在情、物之间联系以思心之用"，将情与物的交接凝成具体的思。②

　　不过，中国的情感理论是复杂而多维的，儒家思想中的内在平衡最鲜明地体现于宋明时期的理学、心学之争中。朱子将"性"等同于"理"，将"情"理解为由外界事物引起的已发之态，因此，虽然朱子延续张载之说认为"心统性情"，但实际上排除了使性情融合并复归于心的可能。王门心学认为"性"就是"心"，并在"心"中分出道心和人心，将伦常原则与自然欲求融合，而王门后学又以此为基础提出"心不离身""即情即性""情性皆体"等说法。不过，心学所主张的"道心"与"人心"为"一心"之说也难以完全弥合情与性的裂隙。因此"情"是否能够与贯穿天地宇宙

————————

① 郑毓瑜：《引譬连类：文学研究的关键词》，生活·读书·新知三联书店 2017 年版，第 9 页。
② 郑毓瑜：《六朝情境美学》，里仁书局 1997 年版，第 8 页。

的"理"合二为一并不清晰。中国思想史之所以没有特别稳固的主体观，正是因为流动的"情"是否能与"理"融合的问题并没有确定答案。这与17—18世纪西方思想史中笛卡儿的身心二元论形成了鲜明对比，也与浪漫主义时期的在内心与外部世界和神性之间构筑一致性的"内在超越论"有着重要差别。①

宋明儒学思想在情感观念上的犹疑也体现在文学层面。关于阳明心学与晚明世情小说的联系，已经有很多学者指出，冯梦龙所谓"我欲立情教，教诲诸众生"，就是要以载情的笔记和拟话本故事形塑和启迪心灵。不过，这个时期中国文学中的情感观念非常复杂。②林凌翰认为，晚明时期中国对情感的理解具有鲜明的"外在性"特征，正如《牡丹亭》所言，"情不知所起，一往而深"，无法与性整合在一起，因而统率性与情的"心"具备不可规约的多维性，而个体与外在规约以及他人之间也有着不可弥合的裂痕。这个时期的情感观点偏离了《礼记》中关于"情生于性"的理解，不认

----

① "内在超越论"在18世纪晚期德语世界中十分突出，赫尔德就提出，这种观念与欧洲大陆上的泛神论思想有着普遍联系。在中国思想史语境中，现代新儒家思想反复强调"内向超越"或"内在超越"的特征，在西方传统中也可以找到类似观念，但都与之有重要差别，将其跟人与宇宙一体化的思想和"内圣外王"的传统联系。正如韩振华的研究所言，在中国语境内的"内在超越论"蕴含了"宗教性诠释"和"文化性批判"的潜能，但也时常受到审视与反思。参见韩振华：《突破、抑或迷思？——儒学"内在超越说"的跨文化考察与批判重构》，《复旦学报》（社会科学版）2019年第2期，第26—34页。
② 冯梦龙：《情史类略》，岳麓书社1984年版，第1页。

为情感出自一个完整独立的内心，同时也偏离了另外两个情感隐喻，即"风"与"梦"所暗示的内外交感兴会的状态。[1]

以上论述告诉我们，在中西两个场域中，有关情感与主体关系的认识有着比较明确的差别。17—18世纪的欧洲在构建现代主体性的过程中对情感与知性做了一个整合，而中国情感话语中很早就已经形成的交感兴会理论使得情感与知性始终无法分离，二者到宋明理学却开始呈现出分离的状态。不过，二者虽然发展路径和具体历程都不一样，但都包含着相似的悖论。西方情感理论主体观的建立并非一蹴而就，情感始终是一个难题，主体的构成和裂解始终是一个动态过程，情感在其中起到了重要作用。在中国也是一样，孔子的心性之说十分复杂，一方面强调心具有内在的"仁性"，另一方面强调其欲性，因此重视对礼义法度的认知和依傍。正如杨泽波所言，我们不需要争辩孔子的本意为何，后世儒学中的朱子理学强调情感的外在性，即其被物引动也能受到礼法约束的特点，象山阳明系重视情感的内在性，强调"仁性"是一种直觉，但二者都"只是孔子之一翼"，彼此间有张力但也不可分离。[2]

总之，所谓小说中的情感研究，有两个基本要素。第

---

[1] Ling Hon Lam, *The Spatiality of Emotion in Early Modern China: From Dreamscapes to Theatricality*, Columbia University Press, 2018.

[2] 杨泽波：《儒家生生伦理学引论》，商务印书馆 2020 年版，第 371 页。

一，情感的辨认和构建。首先，拆解小说文本中的各类形式细节，建立其与同时代历史语境的对话，由此指认小说中人物与叙事者的情感基调。这些情感类型往往是复合情感或难以名状、只能以约定俗成的术语概括的情感，如"焦虑"和"忧郁"。然后，考察小说中的情感类型书写与心理学、医学、社会学等话语体系中的症状和成因描写是否有差异，以及小说中的情感书写与同时代物质文化、印刷文化、媒介文化的关联。第二，问题意识的提出。探讨文本中的情感书写如何展示身体和心灵的关系以及心灵各官能的关联。情感是与知性合为一体，还是可能颠覆知性？呈现出一种什么样的主体性？具有什么样的社会与政治功能？①

　　换言之，从文学研究角度来说，最重要的是在一个具体语境中考察情感的生成和社会功能，勾勒情感书写与同时代其他话语体系的互文关系及其与物质文化的勾连。即以情感问题为契机，考察主体构成、社会情境和话语系统之间的错综关联，考察小说如何在具体的社会情境和话语系统中建构身心互动机制，建构人格和展望社会形态的变迁。小说中的情感研究方法千变万化，不可穷尽。

① 　关于文学情感研究的方法论，还可参见金雯：《情感时代：18 世纪西方启蒙思想与现代小说的兴起》，华东师范大学出版社 2024 年版。

第二节 •
文学与认知 •

从上一节可以看到，情感与认知问题有很多交集，给情感定义实际上就是讨论身体反应和变化能否被转化为观念和判断的问题，而观念和判断都属于认知的范畴。所谓认知，就是建构观念和观念系统的过程，包括感知、思考、想象、理解、判断等各环节，需要依靠语言和数字等符号系统进行。这一节对文学中的认知问题做专门讨论。

发展到今天，有关文学如何体现认知机制的理论——在国内一般称为"认知诗学"——分化出两个支流。

第一个支流以认知语言学为基本理论资源，采用认知语法、概念隐喻理论和文本世界理论等工具探究文学文本如何在与认知机制的互动中产生意义。认知诗学总论的专著可以举出很多：斯托克维尔的《认知诗学：一个介绍》（2002）、盖文斯和斯蒂恩的《认知诗学实践》（2003）、布朗恩和凡戴尔主编的《认知诗学：目标、收获、不足》（2009）、伯克和特洛奇安科的《认知文学科学：文学与认知的对话》（2017）、法布的《诗歌是什么？世界中的语言与记忆》

（2015）等。这些著作都指出，文本意义的创造和构建在很大程度上取决于人的认知机制对其的形塑之力，文学与人类认知系统的进化和演变休戚相关。这个支流分两例来说明。

第一例：我们可以从认知语言学和文体学的视角来考察文学语言，即分析文学语言如何打破日常语用的认知基础，并引发意的构建。20 世纪 70 年代崛起的认知语言学和文体学认为语言构造与头脑的认知功能有重要关联，对乔姆斯基所代表的生成语法理论（即将语法视为独立于认知的规则体系）形成冲击。朗加克在 1991 年正式提出"认知语法"的概念，明确认为语法元素（包括词素、词语、句式、篇章等各种元素）都可以看成表意符号，并非无意义的规则体系。[1] 人类语言功能借助了已经具备其他认知功能（知觉、记忆和分类）的大脑结构，因此语法体现认知机制，比如交流双方引入背景知识和物理、文化语境的能力以及在语法结构和头脑图式之间转换的能力。比如，理解一个句子需要对其造影（profiling），挑选出决定句子重心的词，并在意义相同的不同词和词组之间建立对应（correspondence）。诗歌语言的认知机制与此有很大差别，诗句往往打破语法，使得语句的认知结构无法辨认，因此对诗句造影特别困难。朗

---

① Ronald W. Langacker, *Foundations of Cognitive Grammar, volume I: Theoretical Prerequisites*. Stanford University Press, 1991.

加克之后的认知语法研究也可以拿来与诗歌语言进行对照。比如，斯泰姆伯格通过认知实验发现，人们在读到一个词的时候，会从词性、词义和声音各方面联想到相关的词，这种过程称为语言生产的"互动激活模式"（interactive activation model）。① 不过，在日常语境中某些联想的激活会压抑另一些联想，但诗歌和其他文学语言会同时激发不同方向的联想。

举例来说，19 世纪以来，许多欧美诗歌从固定音节数的诗行的藩篱中挣脱出来，开始使用散文化长句。然而，对散文体的致敬只是表象，诗歌中使用的超长句子的结构往往很难用"造影"和"对应"等认知语法的原则来分析。比如马拉美经典的《骰子一掷，不会改变偶然性》就是一个例证，全诗可以看成一个夹杂了许多从句的长句，但它的结构非常混乱，让读者无所适从。当代英语诗人奥尔森和阿什贝利的诗作更是如此。这些诗人的句法实验诚挚地拥抱认知的偶然性变异，试图通过语言实验震撼并改变读者的认知模式，具有深刻的文化和政治意味，可以与认知语法的理论发生深刻的互动关系。同样，诗歌在词法方面的创新也有很多例证：霍普金斯、叶芝、狄龙·托马斯等诗人都非常善于生造词

---

① J. P. Stemberger, "An Interactive Activation Model of Language Production", in A. Ellis, ed., *Progress in the Psychology of Language, volume I*, Lawrence Erlbaum Associates, 1985, pp. 143-186.

（如"bee-loud"，表示"充满蜜蜂嗡嗡声的"），歧义词和多义词的使用也非常普遍，这些词能够充分拓展读者的想象空间，使得单词和词组与文本语境和社会语境都产生最大限度的连接。范·皮尔（1986）曾提出使用"前景"（FG）概念来描写产生陌生化效应的语法元素，用"背景"（BG）代表传统而熟悉的元素，认为正是背景使读者能够沉浸到文本所构建的世界。然而，在诗歌阅读中这个论断很容易被推翻，诗歌的主旨在于打破语言规则，从而"实现最大限度的前景化"。[①]

第二例：文本世界理论（text world theory）研究人们如何通过意念再现来理解和把握语言信息。这是已故学者沃斯生前致力于创建的新理论体系，它与"可能世界"的理论体系不同。后者源自莱布尼茨，是哲学本体论中的一个概念，指的是从一种视角出发感知到的世界的样貌，有时会被当代叙事学理论借用；而前者表示的是人们在交流过程中——不论是阅读还是交谈——通过意念构建文本中的一个或多个虚拟空间从而把握语言信息的具体过程。"文本世界"观念出现于沃斯在其身后出版的专著《文本世界》（1999），经过盖文斯等学者的阐发整合而形成比较完整的体系。"文本世界"

---

① Willie Van Peer, *Stylistics and Psychology: Investigations of Foregrounding*, Routledge Kegan & Paul, 1986, p. 7.

是口头与书面文本在听众或读者头脑中的再现，与认知心理学和认知语言学都有深刻的渊源。文本世界理论的创见在于与话语分析方法综合，提出头脑再现文本的过程不只是在意识内部发生，而是在语境中发生，因此在考察信息传播的过程时，必须考虑到对话者或书面交流者的心理、社会、历史背景和临时所处的情境。文本世界理论与文学批评实践中注重语境和语用的传统息息相关，也与福克尼尔的"意念空间"（mental space）理论以及艾默特的"语境框架"（contextual frames）理论相通。①

文本世界理论适用于理解意识对于所有语言素材的处理。阅读小说的时候读者需要使小说人物活动的社会空间和自然景象复现在脑海中，比如想象金宇澄笔下 20 世纪 70 年代和 90 年代的上海，想象博尔赫斯笔下 20 世纪初的布宜诺斯艾利斯贫民窟。诗歌虽与叙事不同，但也同样调动着读者构建意念空间的技能。更值得深思的是抒情诗中的叙事。抒情诗中的叙事一般遵循极简主义，点到即止，事件的轮廓和发生事件的场景都比较模糊，且往往迅速跳跃，一首不长的诗中可以穿插多个虚拟世界，需要读者同时进行再现。另外，诗歌叙事一般通过诗歌言说主体的主观视角展开，而这

---

① Gilles Fauconnier. *Mappings in Thought and Language*. Cambridge University Press, 1997, p. 1; Catherine Emmott, *Narrative Comprehension: A Discourse Perspective*, Oxford University Press, 1997, p. 104.

个视角将个人感受完全融入叙事中，使得读者或听众很难清晰再现诗歌语言所传达的空间信息，也常常会影响对于诗歌潜在含义的解读。这些特征在从文艺复兴时期勃兴的抒情诗到现代主义和后现代主义诗歌的整个发展过程中都表现得十分明显。与此同时，叙事诗中的叙事也有着鲜明特色，从浪漫主义的柯勒律治、济慈、拜伦，到19世纪的丁尼生、勃朗宁，再到20世纪的詹姆斯·芬顿等叙事性较强的诗人，他们诗中的虚拟世界经常与神话、幻觉、梦魇或战争等历史创伤有关，有时也会与个人回忆和日常生活的叙述穿插在一起，但总体上来看，写实的元素比较少，诗歌并没有如叙事文学那样经历明显的写实主义转向。综上所述，理解诗歌叙事也必须依赖意念再现，而这个过程十分曲折，难度甚于理解散文叙事。

认知诗学的第二个支流探讨文学的创造如何受到人类认知机能的制约，文学的形式规范和传统如何形成，而它们对人类社会演化的意义又在于何处。这个支流不仅借用认知语言学的理论，也将认知人类学有关神经进化过程的理论与认知语言学相结合。这方面最重要的代表人物是以色列学者楚尔，楚尔所使用的方法与认知语言学有很多交叉，不过他最显著的贡献在于引入认知人类学视角。他在《诗歌韵律》(1988)一书中就提出诗歌韵律不仅是抽象格式，而且需要读者在诵读时依靠其自身的认知机制来呈现。诗歌韵律是人类认知系统发展历程的记录，也是其助推力。这种思想在较近的《作为认知化石的诗歌传统》（2017）中解释得更为精到。伊斯特林的《文学理论与阐释的生物文化研究》（2012）、博伊德的《诗歌为何流传》（2014）和《故事的起源》（2009）都涉及从认知人类学视角重新阐释诗歌和叙事作品的生成与意义。20世纪90年代晚期兴起的将进化理论用于文学认知研究的趋向对这种研究思路有很大推动。从达顿的著作《艺术本能：美、快乐与人类进化》（2009）开始，"文学达尔文主义"（认为文学体现了人类认知系统的演化，同时对其有推动作用）的热潮在学界引发了许多争议，如克莱姆尼克等学者撰文表示质疑（《反对文学达尔文主义》，2011），但其学理性和对文学研究的贡献还是不容否认的。

必须注意，认知诗学研究中的认知问题与情感问题难以分割。在关注文学认知机制的过程中，研究者常常发现情感在读者反应中起关键作用。这种理解延伸拓展了从早期现代西方经验主义情感理论延续至今的一个理解，认为情感表征个体对环境影响的反应和直观判断，情感是认知的基础和条件，同时认为文学语言的阅读和认知可以影响读者的情感模式，具有培育情感的功能。博伊德认为，诗歌"新奇"的形式（包括句法和词法创新）可以激发阅读兴趣，对于延续诗歌语言的生命力有着重要贡献。以雅各布斯为代表的众多神经学家对文学研究的跨学科努力做出回应，试图将情感和认知统一到同一个审美判断的模型中。雅各布斯借鉴潘克塞普在《情感的神经学科》（1998）中的论点，推测说"我们阅读时候的审美和情感反应必然与我们和哺乳动物共有的情感环路相关联"，因此我们在文本阐释过程中会收获犹如物质报偿所带来的快感。① 神经学家同时告诫我们，情感和语言的关系不是单方面的，情感会影响我们处理语言的过程，而语言也会形塑我们对于情感的理解。巴雷特指出，有实验表明，人们在被要求解读他人面部表情流露何种情感的时候，如果有几个情感词语作为提示，他们的判断就会更加迅速，这说明语言为情感捕捉提供了必要的情境。② 同理，有语言障碍的儿童也较难构建情感概念。这些实验与其他的脑生理学实验结合起来，有助于得出语言参与塑造情感概念的结论。我们对于情感的理解不完全来自具身体验，也来自语言，至于语言能对情感功能穿透得多深还有待进一步研究。

---

① Arthur M. Jacobs, "Neurocognitive Poetics: Methods and Models for Investigating the Neuronal and Cognitive-Affective Bases of Literature Reception", *Frontiers in Human Neuroscience*, Vol.9, 2015, p. 3.

② Lisa Feldman Barrett, Kristen A. Lindquist, Maria Gendron, "Language as Context for the Perception of Emotion", *Trends in Cognitive Sciences*, Vol.11, No.8, 2007, pp.327-332.

第三节 ●
：
文学与意识 ●

　　意识与前两节论述的情感、认知是什么关系？在日常语言中，意识可以表示头脑官能的总和，将情感和认知都包含在内，前面两节已经论及情感与认知的交融，本节聚焦于人类意识的最根本特征。人类的意识是"我"这个观念产生的过程和结果，有意识就意味着情感和认知互相贯通，进而使自我具有同一性和主动性。要讨论文学对意识的呈现，"我"的观念或自我感是难以避免的总体性问题，因此有必要将与主体性几乎等同的自我观念单独拿出来仔细论述。本章第一节在讨论情感理论的时候已经比较深入地触及主体性问题，此处再从自我感的角度继续推进有关文学如何构建主体性和主体间性的讨论。

一、意识的难问题与作为关键概念的"感受质"

　　从词源学的视角来看，"conscious"（有意识的）一词于17世纪初进入英语，其词源"conscius"在拉丁语中是"知道""知觉"的含义。而"知道""知觉"本身以大脑为中介，其运作过程串联起身体的感官与思维的运作，并涉及情感、记忆、想象等身心联动的功能，在这个意义上，"身－心"问题是意识问题的基础。作为西方意识理论的鼻祖，笛卡儿在《灵魂的激情》（1647）一文中将身体和心灵视作两个独立的实体，指出前者具有广延性而不能思维，后者只能思维而不具广延性，身体与心灵二者互不影响。笛卡儿的"身心二元论"勾勒出客观物质世界和主观精神世界之间的鸿沟。伴随物理学的兴盛，"实体二元论"在今天已被普遍拒斥，但"身－心"范畴依然持续地影响着后来者对意识问题的不同解读。例如，著名认知心理学家查默斯认为意识从物理基质中产生，但自身还包含着不被物理性质所蕴含的精神属性，[①] 因此厘清意识的物理性与精神性的关系是回答意识问题的第一步。在《有意识的心灵：一种基础理论研究》（1996）一书中，查默斯将这一无法回避的问题陈述为认知科学面临的"困难问题"：

> 在过去的几年间，出现了一些关于意识的著作和文章……这些论著涉及的是一些可被称为意识的

---

① 查默斯将自己的观点总结为"性质二元论"。参见大卫·J.查默斯：《有意识的心灵：一种基础理论研究》，朱建平译，中国人民大学出版社2013年版，第154—155页。

> "容易"问题：大脑如何处理环境刺激？大脑如何
> 整合信息？大脑如何编制内部状态的报告？这些问
> 题是重要的，但是，对这些问题的解答不等于就解
> 决了困难问题：为什么所有这些过程都伴随着经验
> 的内在生活呢？[①]

查默斯"困难问题"的提出表明，虽然认知科学已经能够通过对大脑神经机制的研究游刃有余地回答如大脑如何处理环境刺激、大脑如何整合信息、大脑如何实现行为控制等问题，但意识在主观经验层面的运作仍然如同一个黑箱。意识的难问题指难以用当今的生物科学解决的意识的主观体验类问题。在意识的难问题基础上，约瑟夫·列文提出了"解释鸿沟"（explanatory gap）这一概念，以说明第一人称主观经验和第三人称客观物理属性之间存在着一个我们尚不能清楚解释的区间，因此主观经验不能从科学视角被完全理解。"困难问题"和"解释鸿沟"一经提出就成为意识研究领域的热点话题，认知学家若想要探究意识的奥秘，首先需要弥合解释的鸿沟，完成对"困难问题"的回应。

在后世的认知科学发展脉络中，物理主义和非物理主义

---

① 大卫·J. 查默斯：《有意识的心灵：一种基础理论研究》，朱建平译，中国人民大学出版社 2013 年版，第 2 页。

构成了回应这一难题的两条进路。物理主义者秉持的基本立场是用物理作用解释复杂的心智现象，其中持还原主义态度的科学家将复杂的精神活动视作纯粹的物理产物，不承认精神具有有别于物理属性的特殊性质，从而直接否认了"身"与"心"之间存在的鸿沟。例如理查德·罗蒂认为感觉实际上并不存在，它们本质上不过是大脑过程；① 丹尼尔·丹尼特同样认为，意识体验不存在任何的特性，所谓无法用语言形容的内在属性是一种幻觉。② 另外一些物理主义者并不认同精神性的存在可以被简单地还原为物理现实，但他们仍对神经科学的发展前景抱有乐观的态度，认为难问题并不需要焦虑："一旦我们拥有了认知神经科学和电脑模拟的知识后，查默斯所认为的复杂问题就不攻自破了。"③ 物理主义者将"身－心"二元论中"身"的维度定位于人的"大脑"，认为随着科技的发展，神经科学足以解释意识的难问题，这样一种立场受到来自非物理主义者的挑战。

非物理主义者认为意识不能被简单还原为物理现象，仅凭神经科学难以对意识实现完全的把握，因为"主观性"是意识的一大基本特征。最著名的例子来自内格尔。内格尔

---

① Richard Rorty, "Mind-Body Identity, Privacy, and Categories", *The Review of Metaphysics*, Vol.19, No.1, 1965, pp. 24-54.

② Daniel C. Dennett, "Quining Qualia", in David J.Chalmers, ed., *Philosophy of Mind: Classical and Contemporary Readings*, Oxford University Press, 2002, pp.226-246.

③ 斯坦尼斯拉斯·迪昂：《脑与意识》，章熠译，浙江教育出版社 2018 年版，第306 页。

在《作为一只蝙蝠是什么感觉？》（1974）一文中以蝙蝠为例，指出作为哺乳动物的蝙蝠和人类一样拥有经验，人类已知蝙蝠是通过声呐感知外部世界的，但无论人类多么了解蝙蝠的神经生理学知识，也永远无法想象作为一只蝙蝠的真实感受。在这个例子中，作为一只蝙蝠的体验只能从蝙蝠本身的角度被完全理解，即"作为一只蝙蝠"的体验完全是主观的，只有拥有或经历类似经验的生物才能回答此处"what is it like"的问题，人类永远无法从外部第三人称的视角对这一问题给出答案。[①] 类似地，查默斯的"怪人"（zombies）论证[②] 和杰克逊的黑白玛丽论证[③] 都从逻辑层面论证了意识的主观性，受限于篇幅，此处不再对二者进行详细介绍。总之，非物理主义者说明了从纯粹物理科学的角度并不能还原意识内部的运作机制，给物理主义者带来了挑战，在此基础上非物理主义者借助"感受质"这一更为精细的概念用以解释主观意识与客观物理属性之间的内部空间。

非物理主义者将意识内部不能被还原为物理实体的那一部分存在称作"感受质"（qualia），并将之作为描摹意识主观性的核心概念。"qualia"源自拉丁语词"qualis"的中性

① Thomas Nagel, "What Is It Like to Be a Bat?", *The Philosophical Review*, Vol.83, No.4, 1974, pp. 435-450.
② 大卫·J. 查默斯：《有意识的心灵：一种基础理论研究》，朱建平译，中国人民大学出版社 2013 年版，第 118—124 页。
③ Frank Jackson, "Epiphenomenal Qualia", *The Philosophical Quarterly*, Vol. 32, No.127, 1982, pp. 127-136.

复数形式，在拉丁文里，"qualis"的意思接近于"of what kind"，是大脑对事物性状的感知。路易斯在其专著《心灵与世界秩序》（1929）中，第一次系统地将"感受质"与认知科学结合起来讨论，用以定义意识的主观性：

> 存在一些可被识别的感觉材料，它们在不同的经验中不断复现，因此是具有普遍性的，我将它们称作"感受质"。但……它们应该同对象的属性（properties）区分开……"感受质"是直觉的，被给予的，它不可能出错，因为它是纯粹主观的。对象的属性则是客观的。它的归属可能是一个错误的判断；它所断言的超越了任何单一经验可以给出的东西。[1]

在此，路易斯区分了"感受质"与"属性"两个概念，从而明确了在认知过程中除了存在对物体客观性质的判断总结（即属性），还存在一种直觉性的、纯粹主观的感觉材料（即"感受质"）。他认为这是最内在、私人和不可言喻的存在，这样一种纯主观的材料无法被还原为物理现象，在物质实体与主观世界之间确立了不可逾越的裂隙。费尔格进一步

---

[1] Clarence Irving Lewis, *Mind and the World Order*, Dover Publications, 1929, p.121.

将这种主观性的感觉材料定义为一种原始感觉（raw feels），将其与"直接体验"（direct experience）关联起来。① 费尔格的定义彰显了"感受质"概念强烈的现象学色彩，"感受质"可视作胡塞尔语境中对原初之物、当下之物的统觉，存在于原初体验的过程中，是"对象的显现"，不等同于物理属性的"显现的对象"。在这个意义上，朱耀平指出，一些物理主义者持表征主义的观点，将我们的主观体验仅仅视作物理事件的表征，显然是混淆了"显现"和"显现的对象"。② 当然，仍有物理主义者否认"感受质"的存在，或是坚持不懈地试图将"感受质"物理化，虽然伴随着科学的发展，"感受质"有一天能从神经科学的角度被解释也未可知，但相关研究目前尚未给出足够有说服力的答案。也有学者认为"感受质"的问题不过是个语义学问题，将"感受质"视作人工概念造物，认为它之所以隐秘幽微、不可言说，只是因为我们目前在自然语言框架内难以找到足够精细的语词。③ 总之，相关问题仍在争论中，未形成定论，但恰恰是在各方研究者持久的对话和碰撞中，新的思路得以产生。例如内格尔在《作为一只蝙蝠是什么感觉?》的结尾指出，目前我们只

---

① Herbert Feigl, *The Mental and the Physical: The Essay and a Postscript*, University of Minnesota Press, 1967, p.65.
② 朱耀平:《感受质、意识体验的主体性与自我意识》,《浙江大学学报》(人文社会科学版) 2014 年第 1 期, 第 125—133 页。
③ 如徐英瑾:《对于"感受质"之"不可言说性"的一种自然主义解释》,《自然辩证法通讯》2015 年第 4 期, 第 15—22 页。

能依靠想象来贴近他人的客观表象之下的主观体验，因此我们可以开发一种不依赖同理心和想象力的客观现象学，创造具有更高精度的概念来描述主观的体验；① 瓦雷拉和汤普森立足生成认知进路的视角，认为生命中先在地就包含着意识和意识经验，这种立场"拒绝了二元主义的基本思路，跳出了认知主义、还原的物理主义和二元论的窠臼"；② 李恒威则基于怀特海、德日进等学者的观点扩展了"一体两面论"的内涵，将意识的客观物理属性和主观精神属性视作同一个本体的不同面向，二者始终是相应的，从而纠正了有关"身－心"关系的困惑背后那个只有外部而没有内部的自然观，构想出一种解释"身－心"问题的新形而上学视角。③ 上述研究进路勾勒出未来意识研究可供努力的方向，为进一步回应意识的"困难问题"和"解释鸿沟"提供了诸多新启发。

二、意识、自我与主体性的纠缠

由上述梳理可知，一方面意识以主观性为基本特征，意识的运作暗示着自我与他者之间的裂隙，另一方面意识产生

① Thomas Nagel, "What Is It Like to Be a Bat?", *The Philosophical Review*, Vol.83, No.4, 1974, pp. 435-450.
② 刘晓力：《当代哲学如何面对认知科学的意识难题》，《中国社会科学》2014 年第 6 期，第 48—68、207 页。
③ 李恒威：《意识：从自我到自我感》，浙江大学出版社 2011 年版，第 81—104 页。

于个体与环境的互动之中，关乎自身在环境中的自我定位，因此意识与自我和主体性概念密不可分。本节将更细致地呈现意识、自我与主体性三个概念之间的关联。在《当自我来敲门》（2010）一书中，达马西奥为意识与自我关系问题的讨论提供了一套清晰完整的框架。具体来讲，达马西奥设想以"原我—核心自我—自传体自我"的三重理论模型来还原自我和自我感是如何在意识活动中生成和显影的。下文将以达马西奥的理论模型和李恒威教授的阐释为蓝本，梳理意识问题如何同自我和主体性生成的问题相勾连。此外，现象学作为"关于意识一般、关于纯粹意识本身的科学"①，为有关意识研究提供了重要的理论资源，因此现象学的讨论也将被纳入下文的梳理中。

达马西奥设想的最初一级的自我被称作"原我"。原我即生物性的自我，原我的产物是原始感受（primordial feeling）。生物科学证明，生命自我具有一种自我管理和自我调节的能力，出于生存本能，生物体会不断调节自身以同环境达成平衡从而实现自我保存（self-preservation），这种平衡状态在生物学领域被称为"内稳态"。在这一自我调节过程中，神经管理不局限于脑部，而是作用于生命体的整个

---

① 胡塞尔：《胡塞尔文集 文章与讲演（1911—1921 年）》，倪梁康编译，商务印书馆 2020 年版，第 83 页。

躯体，因此达马西奥强调躯体是有意识心智的基础。躯体功能中稳定的方面能够以映射的形式表征在大脑中，以服务于生命体的组织不变性，原我就是产生于躯体映射结构的一种特殊的躯体心理表象，原始感受则是自发产生的对躯体状态的直接反应，提供了有关躯体的直接体验。[①]达马西奥的论述表明，原我和原始感受产生于生物体的神经系统，是一种生物本能，处于无意识的状态，构成了自我的前兆，是有意识心智的基础。原我的存在说明：意识并非自我存在的前提，相反任何体验都是"我"的意识体验，在有意识的心智活动之前行为的主体（subject）已经存在，这构成了心智哲学语境中"主体性"的第一层含义。不过此时的"主体性"尚不包含"主体感"，后者直到核心自我阶段才逐渐显影，而这种变化过程依赖的东西就是"觉知"（awareness）。[②]

核心自我是主体感形成的关键阶段，与核心自我有关的意识被称作"核心意识"，即对此时此地的感知。达马西奥指出，原我向核心自我跃进需要满足两个关键条件：第一，"原始感受"被改变成一种"觉知到客体的感受"（feeling of knowing the object）；[③]第二，"觉知感"使得被关注到的客

---

① 安东尼奥·达马西奥：《当自我来敲门：构建意识大脑》，李婷燕译，北京联合出版公司 2018 年版，第 20 页。
② 李恒威：《意识：从自我到自我感》，浙江大学出版社 2011 年版，第 18 页。
③ 在达马西奥此处的语境中，feeling of knowing 和 awareness 同义，此处 knowing 同样可以翻译为"觉知"。

体在意识内部凸显，客体变得突出。[①] 据此，李恒威总结道：可将意识结构的表达式写作"'我'—觉知—（X）"，其中"（X）"指被觉知到的客体意象，"觉知"就是使客体在主体心智活动中得以显现的功能。[②] 意识结构的这一表达式暗示了主体感的生成过程。其一，正如现象学所表明的，意识是关于某物的意识，意识活动最基本的特征就是意向性，在这个意义上觉知勾连起体验的主体与被体验的客体，被觉知到的客体在意识内部凸显的前提是作为觉知者的主体（即公式中的"我"）的在场。其二，"我"作为觉知者，内含一种第一人称视角（first-person perspective），即任何被"我"觉知到的体验都是"我的体验"。"我的体验"具有主观性，这种第一人称的被给予性是主体性本身的一个特征，同时构成了最基本的自我感。[③] 其三，"觉知"本身是"自觉知"的，胡塞尔将其表述为每一份体验都会被内部地感知到，因此每当主体体认对象时，也会获得一种对自我的体认。不过此时朝向自我的意识是非对象化的，自我和自我此时的意识行为都没有被刻意放在意识所关注的焦点位置上，主体性只是以

① 安东尼奥·达马西奥：《当自我来敲门：构建意识大脑》，李婷燕译，北京联合出版公司2018年版，第189页。
② 李恒威：《意识：从自我到自我感》，浙江大学出版社2011年版，第6页。
③ "体验的第一人称被给予性是主体性本身的一项特征"，见 Dan Zahavi, *Subjectivity and Selfhood*, MIT, 2005, p.11. "体验的第一人称被给予性被阐述为最基本的自身感"，见 Dan Zahavi, *Subjectivity and Selfhood*, MIT, 2005, p.47.

一种匿名的方式存在。① 在上述三重意义上，每当自我处于"觉知"状态时，总会有一种最低限度的"主体感"在场。

自传体自我由个人的回忆构成，是社会性、精神性的存在，依赖于记忆能力和语言能力的支持，自传体自我生产的意识被称为"扩展意识"（extended consciousness）。如果说核心自我属于前反思的阶段，其意识结构是"'我'—觉知—（X）"，那么自传体自我则属于反思的阶段，其基本意识结构可被表达为"我知道'我觉知到'"。② 后者也属于一种觉知，但比觉知本身涵盖了更多的内容，前反思显现的是此时此地的当下，而反思还包括"对象化、概念化的辨别和语言化的标识"。③ 依赖于反思的自传体自我在两个方面更新了主体性的意涵：在纵向上，自传体自我依赖记忆、逻辑和语言勾连起过去、现在与未来，使主体获得了一种历史同一性；在横向上，根据现象学的观点，人生活在活生生的传统之中，任何体验都是世界中的体验，反思与主体的生活经验息息相关，因而反思总是与社会中的他者相关，在与他者的

---

① 倪梁康指出内意识是对在进行之中的行为本身的一种非对象性的意识。参见倪梁康：《自识与反思：近现代西方哲学的基本问题》，商务印书馆 2002 年版，第 390—391 页。

② 李恒威：《意识：从自我到自我感》，浙江大学出版社 2011 年版，第 24 页。

③ 李恒威：《意识：从自我到自我感》，浙江大学出版社 2011 年版，第 25 页。关于前反思与反思的讨论，最开始是萨特做了系统化的论述。萨特在《存在与虚无》中指出，前反思是反思得以成立的条件，前反思是非对象化的，反思是对象化的。参见萨特：《存在与虚无》，陈宣良等译，生活·读书·新知三联书店 2007 年版，第 7—14 页。

相互作用中，自我会被社会文化影响，也能凭借反思创造出丰富的社会文化，[①] 在此意义上自传体自我主体性涉及"交互主体性"（intersubjectivity）。"交互主体性"意味着主体面向客体的敞开发展为主体面向其他主体的敞开，在这一敞开过程中，主体不断感知与调整自我与他人、与世界的关系，"内稳态"由此拓展到社会文化空间，人类社会因而能够和平稳定地发展。

　　然而，意识并不能始终如一地保证主体的整全，在意识之下，无意识（unconscious）的暗流一直威胁着主体的完整性。精神分析学说发现了无意识之于主体的重要意义。弗洛伊德将意识分为意识、前意识和无意识（又称潜意识）三个层级，指出在意识和前意识（可理解为前文所述的原初意识）之外，无意识才是主体心灵深处更为广阔的存在。无意识是一团混沌，不能为意识所知，且被意识所压抑，常常显现于梦境或者催眠之类非清醒的状态。[②] 弗洛伊德的无意识理论消解了意识的同一性，说明主体的绝大部分心理状态都如同海面下的冰山，尚未被意识所把握，众多本能性的欲望、情感会溢出意识和理性的范畴，因此主体是内在分裂

---

① 例如胡塞尔指出自我的意识会受到他人的思想、道德、习俗、传统、精神氛围的影响。见胡塞尔：《现象学的构成研究——纯粹现象学和现象学哲学的观念 第2卷》，李幼蒸译，中国人民大学出版社 2013 年版，第 224—225 页。
② 参见弗洛伊德在《精神分析引论》中对梦境和潜意识的分析。见弗洛伊德：《精神分析引论》，高觉敷译，商务印书馆 1984 年版。

的。拉康聚焦于无意识与语言的关系问题，将语言置于优先地位，对弗洛伊德的无意识理论进行了更新。站在结构主义的立场，拉康借用了索绪尔对能指与所指的区分，但否认二者能达成对称。在拉康看来，能指并不能表征所指，而是指向一个又一个新的能指，能指与所指处于永恒的分裂状态。因此在《精神分析学中的言语与语言的作用和领域》（1953）一文中，拉康认为每当主体表述自我时，主体也分裂为存在于能指链中被表述的那个主体（"je"）和在能指链下消隐的真实的无意识主体。[1] 即是说真实的主体亦即无意识的主体，存在于不能被语言表述之处，潜藏于语言的空白和断裂之处。由弗洛伊德和拉康系统论述的无意识理论一方面暗示了意识本身的内在裂隙和主体的中空，另一方面说明这一道裂痕会在语言的空白之处显影，混乱盲目的无意识虽不能被直接触及，却能够依赖如梦境、断裂的语言等模糊的表征被迂回地阐释。

依据上述理论脉络，主体性并非如笛卡儿所预设的那样封闭在一方内在空间中，而是依赖于意识本身的意向性特征，在意识主体与世界的互动中不断生成发展。这一生成过程将生物学语境中的"内稳态"扩展到社会文化层面，为人类璀璨的文化创造物提供了蓬勃生长的空间。在意识之下，

---

[1] 严泽胜：《拉康与分裂的主体》，《国外文学》2002 年第 3 期，第 3—9 页。

无意识的幽灵始终在心灵深处徘徊，于主体内部刻下裂隙。神经科学和意识哲学为意识问题的讨论提供了坚实的理论基础，但也为我们遗留下一个难解的问题：如果意识始终是主观的，个人的意识不能被除自我以外的他者完全感知与理解，那么我们还能通过怎样的渠道去体认意识和无意识在个体内部的运作，还可以怎样去探索意识、主体性与更广阔世界的关联？下文将指出，小说作为文化创造物之一种，为意识的书写提供了一个充满无限可能性的空间。意识既是潜藏于小说文本情节结构中的一种基本要素，为读者与文本的互动搭建起认知通道，又能成为叙事文本模仿的重心，发挥其独特的道德功效与政治潜能。探索文学文本中的意识书写，能让我们明确处于特定文化历史环境的写作者是如何想象意识与无意识的运作模式，又是如何借意识书写更新我们对人类自身、人类与社会关系的想象的。

三、叙事与意识：文学的多种可能性

叙事与意识有着深厚的理论渊源，经典叙事学的论述表明意识本身就是叙事所内蕴的一种结构要素。索绪尔将语言置于本体论的地位，对结构主义叙事学产生了深远的影响，在索绪尔的论述中，被包含在语言内部的意识要素已经得到关注。索绪尔在《普通语言学教程》中指出任何言语活动都包含非心理的部分和心理的部分，前者包括物理要素（声波）和生理要素（听音与发音），后者则指词语形象和概念，语言符号的概念和音响形象依靠联想的纽带在我们的大脑内部联系在一起。[①] 索绪尔的研究表明"心理性"是语言的基本属性之一，交流沟通有赖于语言的物理事实与人的意识活动的共同参与。从索绪尔到经典叙事学，叙事内部的意识要素逐渐显影。格雷马斯认为故事有着恒定不变的语法结构，并以行动元理论深入剖析了故事深层结构中的逻辑关系；布雷蒙通过基本序列和故事逻辑的概念，勾勒出文学叙事的组织布局背后的逻辑基础；热奈特区分了内聚焦、外聚焦与零聚焦三种不同的叙事聚焦方式，说明叙事文本可以从不同的视角和距离想象、模拟人物意识……上述论述皆说明，任何叙事都是在人类逻辑认知框架的基础上搭建起来的，意识本身就是叙事的一种最为基本的结构要素。不过在经典叙事学的讨论中，意识尚且只以模糊的面影存在于文本的语法结构内部；20 世纪 80 年代以来，意识逐渐走到前台，成为叙事研究关注的重心。多莉特·科恩的专著《透明的心灵：小说呈现意识的叙事模式》（1984）是将意识书写理论化的开创性著作。在这部专著中，科恩对心理叙事表现出浓厚的兴趣。在科恩看来："相较于戏剧和电影，叙事小说的特殊性

---

① 索绪尔：《普通语言学教程》，高名凯译，商务印书馆 1980 年版，第 33—34 页。

取决于作者和读者在生活中所知最少的东西——另一个心灵如何思考，另一具身体如何感知。"① 在这个意义上，科恩启示我们，小说叙事突破了意识的第一人称主观性限制，使读者能随文本一起任意地进出他者的心灵，为我们想象意识和无意识的运作开辟了一个充满无限可能的实验空间。后来者如阿兰·帕默、大卫·赫尔曼等都肯定了科恩的开创性工作，并在科恩的基础上为文学文本的意识书写提供了更为丰富的论述。基于达马西奥对核心意识与反思意识的研究，下文将从感觉书写、记忆书写、叙事与共情三个层面梳理意识书写相关论述，以呈现文学叙事如何模仿意识，文学叙事如何作用于意识的形塑与再造，以及文学意识书写如何服务于想象和搭建一个更良善的共同体。

（一）感觉书写：不稳定的主体

感觉属于意识的原初阶段，存在于语言的边界之处，感觉书写以一种隐秘的形态构成了叙事文本的基本结构要素，并因其对身体的关注为主体想象提供了独特的视角。大卫·赫尔曼是当代认知叙事学领域的重要论者，其研究将神经科学与叙事学相结合，从跨学科的视角系统论述了叙事与

---

① Dorrit Cohn, *Transparent Minds: Narrative Modes for Presenting Consciousness in Fiction*, Princeton University Press, 1984, p.5.

意识的互动。在《叙事的基本元素》（2009）一书中，赫尔曼将"感受质"（qualia）和原始感觉（raw feels）定义为叙事的核心。在赫尔曼看来，故事具有两大特点：其一，故事总是被固定在特定的认知视点上；其二，故事具有时间上的延展性。而"感受质"或原始感觉同样包蕴着第一人称视角和时间结构，在这个意义上，叙事与基于原始感觉的体验是同构的。[1] 赫尔曼确证了感觉内在于叙事文本的基本结构，阿兰·帕默则着重讨论了感觉在叙事文本内部的呈现形式。在帕默看来，感觉弥漫了文本的语言，常常不经语言明确表述。帕默批评了部分叙事学家对内心"语言"的高估，如乌里·马戈林、米克·巴尔等学者认为思想和内心必须通过口头语言的方式被表达出来，那些没被说出来的意识不能被主体之外的他者所感知。帕默认为这样的观点持有一种语言中心的偏见，事实上，通过语言表述出来的意识仅仅是冰山一角，叙事文本中还存在大量未通过语言明确呈现出来的情感、感觉等要素，且这些要素依然能够被读者所感知。[2] 以赫尔曼和帕默为代表的认知叙事学家强调感觉本身就内在于文本结构之中，目的在于说明叙事本身基于对人类经验的回顾和重塑，因此读者能够依赖自身类似的体验与文本发生互

---

① David Herman, *Basic Elements of Narrative*, Wiley-Blackwell, 2009, p.157.
② Alan Palmer, *Fictional Minds*, University of Nebraska Press, 2004, p.64.

动。相关理论为还原读者在阅读文本时的认知理解过程搭建了通道，促进了当代认知叙事学的兴盛发展。

当感觉浮出文本结构，成为叙事语言所描摹的内容和对象，其凭借与身体的关联为主体想象提供了一种具身的视角，彰显出一种独特的政治潜能。梅洛－庞蒂的知觉现象学系统性地论述了身体知觉之于主体性建构的重要意义。在梅洛－庞蒂看来，心灵与世界是依靠身体这一枢纽连接在一起的，如果说以笛卡儿为代表的主体观将意识当作本体的存在，那么梅洛－庞蒂则将身体置于本体论的地位，将先验的意识主体转变为介入性的、在世的、意向性的身体主体。梅洛－庞蒂的"身体－主体"表明世界是为身体所感知的世界，世界向身体敞开并在身体中显现，因此身体与世界是相统一的。从梅洛－庞蒂的身体观检审文学文本的感官书写，可以挖掘出身体感官所内蕴的政治效能。例如，韦斯林注意到伍尔夫的感官书写与梅洛－庞蒂现象学具有高度的共振。二者在生态人文主义的视域中发生耦合——伍尔夫的视觉书写传达出人类感知与生命世界的融合感（a sense of the commingling），这与梅洛－庞蒂将身体视作嵌入世界的一部分的观点相呼应。面对现代技术的浩劫，这样一种身体观使主体融入"地球生命的具身共同体"（the bodily community of Earth's life）内部，从而使人类能够对自身的物种属性保持谦卑。[1] 在这个意义上，伍尔夫的文本暗示我们，"身体－主体"的新主体观消解了现代性语境中无限膨胀的主体，为回应以技术危机为代表的现代性难题想象了一种新的回答。朗西埃同样注意到伍尔夫式的感官书写对膨胀主体的消解，在《为什么杀死爱玛·包法利》（2008）一文里，朗西埃从福楼拜梳理到伍尔夫，勾勒出一条清晰的感官书写的流变线索。朗西埃指出，爱玛总是期待种种看似崇高的理念能把自己拉拽往另一种不平庸的生活，并将其情绪附着在日常感官上，一阵微风及其吹起的微尘、水流中倒伏的水草、阳光的波纹等都被爱玛投射了欲望，成为推动爱玛心理进程的事件。爱玛将那些转瞬即逝的感官感受框定起来，使其成为欲望占有的对象，在这个意义上，对感官体验的放大意味着主体的膨胀。而在以伍尔夫为代表的意识流文学中，这些被框定起来的感官体验再度被打碎为客观流动的粒子，例如在《海浪》（1931）中，角色罗达总是沉浸于当下的感官。这样的思维使得自身完全突破了主体性的限制，投入客观流动的"此间"（haecceities）中，个人的认知范围无限延展以至于能够容纳下整个世界，这是伍尔夫开出的治疗爱玛式癔症的

---

[1]　Louise Westling, "Virginia Woolf and the Flesh of the World", *New Literary History*, Vol.30, Vol.4, 1999, pp. 855-875.

药方。[1] 依照韦斯林和朗西埃的论述，伍尔夫式的感官想象更新了主体与他者、与世界的联结方式，依赖一种共融共生的体验之道，伍尔夫从"一切坚固的东西都烟消云散"的现代图景中重塑了一种更广阔的主体，赋予了现代人类一种更具韧性的存在方式。

感觉将自身与世界联结在一起，予以主体一种更具包容性的存在方式，但徘徊在意识边界处的感觉终究是一种不稳定的存在。感觉在通向反思性意识的进程中有时会漫溢出理性的界限，重新堕入无意识的领域。情感理论对"情感"与"情动"的讨论呈现出感觉的不稳定性。情感理论区分了"emotion"和"affect"两个概念：前者被译作"情感"，指已经转化为概念的身体反应，后者则是停留于经验领域的身体动能，译作"情动"；前者暗示意识能够完全把握并用语言表达此时的身体状态，因而体现了主体的完整一致性，而后者则从观念和语言中逃逸，划定下主体的边界，使主体性面临崩裂的危险。[2] 尽管情感与情动的二分法尚且存有争议，但相关讨论依然能够启示我们有一部分感觉经验隐秘幽微，徘徊在意识的边界处，可能随时逃离出理性和语言的掌控。在文学实践中，哥特小说对"惊恐"一类极端情感的书写为

---

① Jacques Rancière, "Why Emma Bovary Had to Be Killed", *Critical Inquiry*, Vol.34, No.2, 2008, pp. 233-248. 此处"此间"（haecceities）是来自德勒兹的概念，指生活中的感官信息流。

② 金雯：《情感是什么？》，《外国文学》2020年第6期，第144—157页。

我们检审情动的运作提供了合适的样本。哥特小说的故事发生地点往往是人迹罕至的古堡、坟墓、地穴，角色在此类环境里遭遇巨大的恐惧。例如在著名的哥特小说《奥特兰多城堡》（1764）中，伊莎贝拉在阴暗的地道里惊惧非常，"一个人在这么阴森的地方，脑子里满是白天发生的可怕事情……她恐惧得快要瘫倒了"①。在这样的情境中，笛卡儿语境中的理性主体分崩离析，面临理性的涣散和认知的故障，陷入诸如昏厥或失语的非理性状态。在此意义上，当感觉不被主体的日常经验所包容，或超出了主体所能承载的限度，便会成为威胁主体完整性的力量。不过这种威胁也可能具备一种政治效能，哥特小说中自我意识的溃散隐含着对启蒙时代理性主体观的拒斥，为新主体的建构开辟了思考的空间。②

以上对感官书写的梳理表明，感觉是徘徊于意识边界处的一种不稳定存在。一方面，感觉在其具身意义上使主体内嵌于世界之中，与世界构成和谐的统一体；另一方面，感觉也可能随时脱离理性的掌控，重新堕入无意识的领域，使主体陷入分裂的危机。文学语言因其特有的创造性，不断贴近这些潜隐的感觉经验，使文学文本成为想象主体重建的重要场域。

---

① 霍瑞斯·华尔浦尔：《奥特兰多城堡》，载耿晓谕主编：《奥特兰多城堡》，封宗信、耿晓谕、张巨文译，百花文艺出版社1998年版，第196页。
② 金雯：《情动时代：18世纪西方启蒙思想与现代小说的兴起》，华东师范大学出版社2024年版，第354页。

（二）记忆书写：自我同一性的延续或断裂

记忆作为一种反思性意识，表征着流动的自我的延续性，服务于个人历史同一性的建构。早在 17 世纪，洛克就已经注意到回忆与个体身份认同之间的关联，指出思维的延续性能够将不同时空中的自我连起来，使之成为同一的人格者："意识在回忆过去的行动或思想时，它追忆到多远程度，人格同一性亦就达到多远程度。"[①] 同一的自我之所以成立是因为人"在重复其过去的行动观念时，正伴有它以前对过去行动所生的同一意识，并伴有它对现在行动所发生的同一意识，这个意识如果能扩展及于过去的或未来的行动，则仍然将有同一的自我"[②]。这样一种记忆观在后世得到广泛的认同，例如在现象学的语境中，胡塞尔即指出"人格是在发生中的统一"，对当下自我的反思是由对自我的当下体验以及自我的过去体验和自我的将来体验所共同构成的。[③] 在此最基本的意义上，回忆构成了个人身份同一性的基础。20 世纪兴起的自传研究更新了我们对记忆与个人同一性的理解，相关研究表明，记忆并不完全是一种自然物，相反，记忆还能够被人为地加工以服务于人格历史同一性的建构。在书写回

① 洛克：《人类理解论（上册）》，关文运译，商务印书馆 1959 年版，第 310 页。
② 洛克：《人类理解论（上册）》，关文运译，商务印书馆 1959 年版，第 311 页。
③ 倪梁康：《胡塞尔与舍勒：人格现象学的两种可能性》，商务印书馆 2018 年版，第 39—40 页。

忆的过程中，主体会对记忆进行选择与重构，"回忆录不是原始经验的复写，而是根据回忆者当前的积极目标重新构建的"[1]。安德烈·莫洛亚的《传记面面观》（1929）是西方第一部现代传记理论专著，[2] 在这部作品中，莫洛亚总结了自传出现错误的六种原因：遗忘、服务于美学目的的删改、记忆对不愉快事件的自我修改、羞愧感、记忆会使发生过的事件合理化、对记忆中他者的保护。[3] 除了非主动的遗忘，其余几点都表明自传叙事会由于创作者本身的主观意图出现偏移，第三、四、五点尤为明显地说明自传叙事能够为主体的记忆提供新的解释，从而创造出创作者主观意愿所需要的个人同一性。莫洛亚借卢梭的自传进一步阐明了这一点：五十岁的卢梭是一个具有独立精神的共和党人，因此在《忏悔录》（1789）中他一直在渲染自己从青年时期就具有的独立精神，但事实证明，卢梭年轻的时候其实天真笨拙、毫无原则，卢梭的自传书写发挥着自我建构与辩护的作用。[4] 再者，记忆并不局限于主观意识和个体视角，还与社会文化因素有着密切的互动，能够服务于集体身份认同的构建。在《论

---

[1] M.A. Conway, C.W. Pleydell-Pearce, "The Construction of Autobiographical Memories in the Self-Memory System", *Psychological Review*, Vol.107, No.2, 2000, pp. 261-288.

[2] 杨正润：《自传死亡了吗？——关于英美学术界的一场争论》，《当代外国文学》2001年第4期，第124—132页。

[3] André Maurois, *Aspects of Biography*, trans. Sydney Castle Roberts, D. Appleton & Company, 1929, pp.149-165.

[4] André Maurois, *Aspects of Biography*, trans. Sydney Castle Roberts, D. Appleton & Company, 1929, p.164.

集体记忆》（1992）一书中，哈布瓦赫首次发明出"集体记忆"这一概念，并指出"集体记忆"暗示着个体是作为社会群体（如社会阶级、家庭、公司）的成员而存在的，[①]这样一种记忆概念丰富了过往仅仅局限于个体内部的记忆研究，将记忆与社会环境关联起来。扬·阿斯曼发明的"文化记忆"概念同样将记忆从个人层面延伸到社会文化层面，并进一步阐明了记忆、文化与身份认同的相互作用。有关文化记忆的研究表明，记忆能够附着于文化元素（故事、仪式、意象等），巩固文化的凝聚性结构（Konnektive Struktur），将同一文化空间中的个体联结在一起，并为其提供归属感和身份认同，如民族凝聚力正是文化记忆的重要产物。[②]基于对"个体记忆"和"集体记忆"的区分，保罗·利科借现象学与诠释学的不同视角进一步阐明记忆与历史的紧张关系。从现象学的视角来看，个体记忆是一种对历史的体认和见证，但这种个体化的陈述往往伴随着想象力的运作，受到主体思维的限制，因此我们必须进入诠释学的思路，检审集体的文化形态究竟如何创建与形塑记忆文本。利科的现象诠释学思路向我们彰显，历史与记忆一直处于动态的对抗中，"历史企图把记忆还原为它的对象"，同时记忆也一直努力使历史

① 莫里斯·哈布瓦赫：《论集体记忆》，毕然、郭金华译，上海人民出版社 2002 年版，第 92—92 页。
② 扬·阿斯曼：《文化记忆：早期高级文化中的文字、回忆和政治身份》，金寿福、黄晓晨译，北京大学出版社 2015 年版，第 6 页。

处于从属地位（如政治集团对集体记忆的篡改与滥用）。① 由上，记忆并不简单对应于历史，相反，记忆的叙述是具有高度选择性和建构性的，记忆在被叙述出来的那一刻就已经被重新编码。在个体层面，对记忆的叙述能服务于个人同一性的建构，并成为一种对自我的宣传和辩护；在集体层面，记忆能够服务于社会历史同一性的形成，成为权力集团的管理工具。

记忆并非总能保持完整与持续，在特定时刻，记忆亦可能发生断裂，成为笼罩在主体潜意识中的阴霾。一方面，由上文可知，记忆具有高度可塑性，因而可能在权力的运作下"被修改""被遗忘"；另一方面，记忆的断裂是创伤的表征，与思维的自我保护功能有关。本段将聚焦于后者，检审创伤经历带来的记忆断裂如何威胁主体的完整性。伊安·哈金指出，创伤一开始在医学领域被局限于指称身体受到的伤害，但自弗洛伊德起逐渐被扩展到对心灵和自我造成的伤害，创伤能够"腐蚀或摧毁一个人的自我意识"②。弗洛伊德的研究表明记忆有一套创伤应对机制：若回忆引发痛苦，记忆就会自发拒绝对引起痛苦的事物的回忆，从而导致记忆

---

① 保罗·利科：《记忆，历史，遗忘》，李彦岑、陈颖译，华东师范大学出版社2018年版，第531—532页。

② Ian Hacking, "Memory Sciences, Memory Politics", in Paul Antze, Michael Lambek, eds., *Tense Past: Cultural Essays in Trauma and Memory*, Routledge, 1996, p. 73.

的遗漏和错误，那些被遗忘之物会回到潜意识的领域。[①] 依据弗洛伊德的论述，记忆的回避是主体面对创伤的一种自我保护，具体来讲，记忆的回避有"压抑"和"解离"两种运作模式。就"压抑"而言，精神病学界在 20 世纪末将记忆与创伤的关系病理化，创伤后应激障碍（PTSD）于 1980 年成为精神病学界的官方术语，其症状之一即创伤主体会努力回避可能引发创伤记忆的环境，并通过压抑自己的情感使自我变得麻木，从而规避对创伤记忆的再体验。[②] 文学文本中常有关于压抑记忆的书写，例如劳伦斯·基尔迈尔在阅读法国当代小说家乔治·佩雷克的作品《W 或童年回忆》（1997）时发现，尽管面临持久的创伤，但叙述者的声音是非常平淡的，叙述者选择用麻木、疏远来压抑痛苦的记忆；压抑意味着将记忆和自我经验分割，将故事以碎片化的方式讲述，在这种情形下主体只能处于自我故事的边缘，此时文本内部"最大的恐怖和丧失感不是存在于明确的叙述中，而是存在于两个叙事的空隙中，存在于记忆的脆弱和不稳定中"[③]。与压抑相关的另一种创伤应对方式是解离（dissociation）。

① 弗洛伊德：《精神分析引论》，高觉敷译，商务印书馆 1984 年版，第 53、224 页。

② Allan Young, "Bodily Memory and Traumatic Memory", in Paul Antze, Michael Lambek, eds., *Tense Past: Cultural Essays in Trauma and Memory*, Routledge, 1996, p. 99.

③ Laurence J.Kirmayer, "Landscapes of Memory: Trauma, Narrative, and Dissociation", in Paul Antze, Michael Lambek, eds., *Tense Past: Cultural Essays in Trauma and Memory*, Routledge, 1996, pp.175-176.

通过解离，主体得以从一段距离之外审视创伤记忆，"多重人格"正是解离状态之一种。在文学文本中，解离的状态常常呈现为叙事声音的分裂（多声道叙事）、叙事时间的混乱和叙事的不连贯性。[①] 无论是压抑还是解离，都表明主体为了自我保护，努力拒绝可能给自己带来伤害的记忆，记忆的混乱和断裂是这种自我保护的表征。但是压抑和解离并不意味着创伤的修复和解决，强行将自身的经验一分为二，其本身就意味着主体的分裂，那些被驱赶入无意识领域的创伤记忆依然会随时被触发或是在非清醒（如梦境、催眠）状态中显影，给主体带来伤害。因此要修复创伤，首先需要直面创伤，并找到新的方式与其和解。在今天，叙事已经被证明是回应和修补创伤的一种手段，叙事治疗已经成为心理治疗的一项基本方案。社会心理学研究表明，对创伤的叙述有利于创伤的愈合。例如，科莱恩指出受创者的第一反应往往是为创伤寻求一个因果解释，而叙事为受创者从整体把握自己的创伤经历提供了可能，一个正在经历严重创伤的人会像小孩子理解故事一样用因果连接词解释自身经历的起因和后果。[②] 彭尼贝克和西格尔同样说明建构故事能够帮人了解自我，能

---

① Laurence J.Kirmayer, "Landscapes of Memory: Trauma, Narrative, and Dissociation", in Paul Antze, Michael Lambek, eds., *Tense Past: Cultural Essays in Trauma and Memory*, Routledge, 1996, pp.182-183。
② Kitty Klein, "Narrative Construction, Cognitive Processing, and Health", in David Herman ed., *Narrative Theory and the Cognitive Sciences*, CSLI Publications, 2003, p.76.

够使个体的经验具有结构和意义，能够使个体从本质上获得一种对自身生活的控制感，叙事使创伤中的空白被填补，赋予了自身经历凝聚性和连贯性。^①大卫·赫尔曼则指出叙事具有"分块"（chunking）的作用，能够将经验分割成有界限的状态，从而将复杂的经验转变成可分类、可认识和可操作的单元，这种分块作用同时意味着经验的叙述必定有开头和结尾，即再痛苦的经历都会在叙事中拥有起因和终点，这会让创伤经历变得可理解和可忍受。^②上述理论说明在个体意义上，叙事能够予以受创者理解和解释自身创伤的契机，并能帮助受创者恢复对自身生命的掌控感。而面对更大范围的文化创伤，叙事则能够担负起一种道德功能，例如拉卡普拉在《书写历史，书写创伤》（2014）一书中旗帜鲜明地反对历史应当被"客观书写"的观点以及后现代主义对历史的解构态度，并提出"创伤现实主义"（traumatic realism）的概念以肯定创伤书写的情感倾向。拉卡普拉认为，任何创伤叙事都意味着写作者与创伤之间存在一个审视的空间，这一空间应当允许写作者情感的宣泄与投射。这种抒情倾向能够引起读者的共情，使读者感动，在这个意义上，创伤书写能够

---

① James W. Pennebaker, Janel D. Seagal, "Forming a Story: The Health Benefits of Narrative", *Journal of Clinical Psychology*, Vol.55, No.10, 1999, pp.1243-1254.
② David Herman, "Stories as a Tool for Thinking", in David Herman, ed., *Narrative Theory and the Cognitive Sciences*, CSLI Publications, 2003, pp. 173-174.

成为一种具有历史反思价值的言语实践。[①]

（三）叙事与共情：主体间性与文学的政治潜能

拉卡普拉的创伤书写研究启示我们，叙事文本能够唤起读者的共情，担负起一种道德责任，由主体性的建构导向主体间性的建构。不论是以姚斯、伊瑟尔为代表的读者反应理论还是以大卫·赫尔曼、阿兰·帕默为代表的当代认知叙事学理论，都表明读者意识会同文本产生互动，读者意识会被文本影响与形塑。基于上述理论视角，一批论者以文本与读者的移情（empathy）/ 同情（sympathy）能力为研究重心，挖掘出文学文本的道德责任与政治潜能。

在展开这一部分的论述之前，首先需要区分移情和同情这一组相近的概念。"sympathy"来自希腊语"sumpátheia"的拉丁语"sopapiea"，最初的意思是"与他人有类似的感觉"；而到 18 世纪，"sympathy"具有了更宽泛的意涵，不但可以指生理上的感染，更囊括了设身处地地想象、重构他人经验的含义。至 19 世纪，德语词"die einfuhlung"进入英文成为"empathy"，取代了"sympathy"的原初意义——对他人感觉的体认，与此同时，"sympathy"的含义则收缩为

---

① Dominick LaCapra, *Writing History, Writing Trauma*, Johns Hopkins University Press, 2014, pp.186-187.

同情与怜悯。对于 19 世纪以来"empathy"与"sympathy"的区别，苏珊·基恩举的例子鲜明易懂：所谓"empathy"，即"我感觉到你的痛苦"；所谓"sympathy"，即"我对你的痛苦感到遗憾"。[①]结合达马西奥对核心意识与反思意识的区分，可以将两者的区别归纳为：移情着重强调核心自我阶段情感的共享，同情则引入了社会化的判断，隶属于反思性意识。文学文本在上述两个层面都能对读者意识施加影响。神经心理学为移情能力提供了基于生理的解释。意大利心理学家里佐拉蒂等发现，当恒河猴执行动作，以及当它观察其他猴子或人执行相似动作时，其腹侧运动皮层 F5 区和腹外侧前皮质顶下小叶（IPL）中的一些神经元都会受到刺激。这些神经元的发现表明，灵长类动物的脑内可以直接映射他者的动作并创造镜像模板从而实现对动作的模仿。因此，里佐拉蒂等将其命名为镜像神经元（mirror neuron）。[②]随着研究的深入，心理学家发现镜像神经元同样可以作用于对他者意图的理解和情绪的感知。在这个意义上，镜像神经元可能是一个让我们得以与他人产生移情的基质，其功能障碍则可能

---

① Suzanne Keen, "A Theory of Narrative Empathy", *Narrative*, Vol.14, No.3, 2006, pp. 207-236.

② 镜像神经元首次被发现是在 1996 年 Rizzolatti 等人做的实验中（参见 Giacomo Rizzolatti, Luciano Fadiga, Vittorio Gallese, et al., "Premotor Cortex and the Recognition of Motor Actions", *Cognitive Brain Research*, Vol.3, No.2 1996, pp.131-141），在这篇文章中，镜像神经元仅被发现于恒河猴的腹侧运动皮层的 F5 区。随着研究的深入，镜像神经元后来也在猴的腹外侧前皮质顶下小叶（IPL）等区域被发现。

导致同理心的缺失。[①] 镜像神经元理论为主体间的移情和理解提供了神经科学的基础；基于神经科学理论，叙事学家将神经科学与叙事学关联起来，在跨学科的视域中聚焦于读者意识与文本的互动，剖析文本如何唤起读者的移情。其一，在叙事模拟的内容上，镜像神经元理论启示我们，当读者阅读到有关知觉的书写时，其脑海内也会想象和模拟类似的知觉体验，并使其自身处于这种状态中。例如克里斯托弗·怀特以麦卡锡的小说《路》（2006）为例，论述了具身书写之于唤起移情的作用。怀特指出，《路》之所以成为麦卡锡最感人的作品，是因为麦卡锡的句子常常从开头就和身体感觉紧密相连，从而给予读者进入小说世界的现象学体验，这种体验性极大地增强了小说的情感力量，唤起了读者对主人公的认同。[②] 其二，在叙事模拟的形式上，心理叙事是对角色意识的呈现，因此心理叙事的不同形态也同移情有着密切的关联。多莉特·科恩深受结构主义叙事学的影响，注意到叙事视角和意识呈现的紧密关联。基于结构主义对视角和人称的讨论，科恩将第一人称视角和第三人称视角叙述进一步细化为几种不同的意识书写类型，并结合文学文本说明不同的

---

① G. Rizzolatti, L. Fogassi, V. Gallese, "Mirrors in the Mind", *Scientific American* Vol.295, No.5, 2006, pp.54-61.

② Christopher T. White, "Embodied Reading and Narrative Empathy in Cormac McCarthy's *The Road*", *Studies in the Novel*, Vol.47, No.4, 2015, pp. 532-549.

意识书写形态表达在"移情"和"戏仿"之间游移。[①] 在众多不同的心理叙事形态中，自由间接引语技巧备受叙事学家的关注。介于第一人称叙事与第三人称叙事之间的自由间接引语能够使读者于无意间滑入角色意识之内，与角色共同感知。例如韦恩·布斯借用《爱玛》（1815）——奥斯丁自由间接引语技巧最为成熟的作品，指出："借助于通过爱玛的眼睛来表现大部分故事，作者确保我们跟着她旅行，而不是站在她的对立面。"[②] 这启示我们，依靠心理叙事对视角的选择和对人物内心活动的呈现，读者能够在不同的主体内心进进出出，在叙事进程中与人物一起感觉与思考，从而对角色形成认同。基于小说叙事对移情的唤起，苏珊·基恩进一步说明，作者甚至会有意地以小说为工具，让文本发挥作者所期待的社会功效。基恩关注三种不同的策略化的移情：第一，有界限的策略移情（bounded strategic empathy），通过将移情范围限定在一个共同体内部，培养对某一个群体的熟悉感；第二，大使式的策略移情（ambassadorial strategic empathy），使某个群体外的人对群体内部的人产生移情，从而寻求来自群体外部的认可和援助；第三，广播式的策略移情（broadcast strategic empathy），基于共同人性呼唤搭建更

---

① Dorrit Cohn, *Transparent Minds: Narrative Modes for Presenting Consciousness in Fiction*, Princeton University Press, 1984, p. 118.
② W.C. 布斯:《小说修辞学》，华明、胡晓苏、周宪译，北京大学出版社 1987 年版，第 275 页。

广阔的同理心。[①] 基恩的研究表明，移情虽然停留于原初感觉的领域，却在主体间搭建起了一种共通感，为道德化的联结即同情，奠定必要的基础。

依照 19 世纪以来移情与同情的区分，有论者认为同情暗示了主体之间存在裂隙，这些裂隙否定了移情所看重的自我与他者亲密无间的融合，体现出一种屈尊俯就的自以为是和优越感。在这些论者看来，相较于移情，作为术语的"同情"今天已经过时了。[②] 但晚近，又有学者重新定义"同情"，将其在 18 世纪的原初意义凸显出来，强调"同情"在将他人的经验和意图作为自身的关注对象时发挥的想象力功能，指出想象力的运作在不否认主体间裂隙的情况下使主体主动地贴近、理解他者，从而滋长了主体间道德化的联结。在这个意义上，同情所揭示的主体裂隙并非一种危险，相反，它为一种更具动态性、更持久的相互理解开辟了空间。具体来讲，一方面，主体对他者实现同情，意味着一种解释学视角的参与。里蒂沃伊揭示了同情的解释学意涵：由于叙事以真实生活为原材料，我们会自发利用自己的生活经验帮我们补全被忽略的部分，为他人的叙事提供解释；个体能够将自

---

① Suzanne Keen, "A Theory of Narrative Empathy", *Narrative*, Vol.14, No.3, 2006, pp.207-236. 三种不同的移情策略在基恩的专著《移情与小说》中有更为系统的论述。参见 Suzanne Keen, *Empathy and the Novel*, Oxford University Press, 2007, pp. 1421-43.

② 参见 David Depew, "Empathy, Psychology, and Aesthetics: Reflections on a Repair Concept", *Poroi*, Vol.4, No.1, 2005, pp. 99-107.

己置于他人的处境，从而摆脱旁观者的身份，成为经验的参与者。但这种参与并不意味着读者个人经验的直接投射，在阅读过程中，读者会进入人物的"视界"，体认这一"视界"背后的历史语境，由此跳脱自身经验的局限，不断扩大个人的理解范围与认知视野。① 另一方面，主体间的裂隙非但不会加剧不同主体之间的分裂，相反，还为主体间的对话提供契机。事实上，读者在阅读过程中面对小说角色——一个外在于自身的他者时，一直处于意识的交锋状态，这种交锋背后，读者意识与角色意识的裂隙孕育着对现实的批判与反省。珍妮特·盖布勒－霍弗对《哈克贝利·费恩历险记》（1884）的分析呈现出这一反省的孕育过程：珍妮特注意到哈克在准备将吉姆从奴役中解放时的内心活动——当哈克准备解救吉姆时，哈克认为其救助吉姆的行为意味着同魔鬼签订契约，会使自己下地狱。然而任何读到此处的读者都会意识到，哈克是道德的，只不过因为哈克还是个孩子，他深受其所处历史语境的影响而未具备对现实的反思能力，因此无法意识到自身行为的合理性。此时，读者的道德参照系同哈克的道德参照系处于紧张的对立关系，但恰恰是这种对立加

① Andreea Deciu Ritivoi, "Reading Stories, Reading (Others') Lives: Empathy, Intersubjectivity, and Narrative Understanding", *Storyworlds: A Journal of Narrative Studies*, Vol.8, No.1, 2016, pp.51-75. 里蒂沃伊在此处使用的"视界"概念来自伽达默尔，指主体理解事物的起点、角度与范围，视界受到前理解（即主体在文化传统与生活环境中对事物产生的观点、看法与预设）的影响。

深了读者对哈克的同情，激发起读者对哈克所处的社会现实的控诉。[①]

同情的运作启示我们主体并不总是处于亲密融合的状态，因此如果说移情是一种初级的、不直接指向现实行动的意识活动，那么同情则关注主体间的差异与交锋，将我们的关注重心从主体性转移到主体间性，并发掘出内蕴于主体间性之中的政治潜能。文学文本为角色意识与读者意识提供了对话的场域，成为读者移情与同情能力的演练场。依赖叙事视角、时空、角色语言风格等的变换，读者在角色意识与自我意识之间滑动，从而同角色建立起一种隐秘的联结。这种联结基于"移情"，催生"同情"，构成了更遥远的政治行动的起点。正是在此意义上，里蒂沃伊认为："主体间性在认识论上最丰富、道德上最恰当的层次，是自我对他人完全开放的层次。但这种情况很少发生，因此我们迫切地需要一个既能产生开放主体性，又能管理差异的环境，这正是叙事构成的环境。"[②]

尽管意识问题至今尚未形成定论，但我们依旧可以根据现有理论呈现意识与主体性和自我感的关联：一方面，意识

① Janet A.Gabler-Hover, "Sympathy not Empathy: The Intent of Narration in *Huckleberry Finn*", *The Journal of Narrative Theory*, Vol.17, No.1, 1987, pp.67-75.
② Andreea Deciu Ritivoi, "Reading Stories, Reading (Others') Lives: Empathy, Intersubjectivity, and Narrative Understanding", *Storyworlds: A Journal of Narrative Studies*, Vol.8, No.1, 2016, pp.51-75.

依赖于第一人称视角，因而具有高度的主观性，任何外在于自身的他者都无法完全体认"我"的感觉和思考；另一方面，意识具有意向性，在与环境、与他者的互动中不断变动发展，影响着主体在社会环境中的自我定位和行为实践。文学文本凭借叙事的灵活性，突破了意识第一人称主观视角的限制，将他者的意识呈现于我们眼前，给予我们一个自由探索意识运作模式的空间，拓展了我们洞察力的边界。

意识问题纷繁驳杂，意识、语言与文学的关联还有待更细致的剖析。文学叙事在回答意识问题的过程中扮演了关键的角色，叙事不仅能够模仿意识，更能形塑意识。文学与意识的互动为我们理解主体性以及"自我"背后的历史世界提供了一条别样的路径。

第四节
"新文科"视域下的文学研究：实践批评 2.0

上述对意识、情感和认知问题的关注不仅催生了一些新的文学研究问题，也推动了新的研究方向的出现。其中包括阅读文化研究（有关文学作品对读者意识影响的研究）、媒介研究（有关物质环境和媒介技术对读者意识影响的研究），以及数字人文研究（有关对机器阅读能力的训练、使用和研究）等。因为对意识、情感和认知的探讨都需要跨越人文与科学隔阂的视野，所以这些新的研究方向和领域在很大程度上与近几年在中国出现的"新文科"观念相当契合。

文学阅读研究和媒介研究都与"新文科"视域下的文学研究有着深度契合，其交接之处就是"具身想象"问题。文学不仅呈现和思索身心关系，而且牵引着每个读者的具身行为和身心互动。从这个意义上来说，文学是社会实践，而文学阐释是"实践批评"。"实践批评"这个术语来自瑞恰慈 1929 年的著作《实践批评》。瑞恰慈在书中强调文学文本细节的效果——用今天的术语来说就是"可供性"（affordance），他认为文学阐释是读者逐渐整理混乱思绪，更全面认识自己、"重新组织自己"的过程。① 瑞恰慈的文学批评观念被将文本视为封闭系统的"新批评"取代，但 20 世纪晚期以来，"实践批评"以全新的姿态复苏。"新文科"视域下的文学研究与国际文学研究界出现的新型实践批评相通，我们可以将二者都视为实践批评 2.0。中西文学研究已经殊途同归，同时返回到想象力和创造力这些古老的问题上。与此同时，数字人文研究积极构建用机器算法解读文本语言细节的方法，考察的是人类的创造性阐释能否被机器模拟和重现的问题，这番考察会大大拓展我们对人类意识功能的理解，让我们参与到人机互动机制及其前景的重要讨论中。

一、跨学科意识理论视域下的文学阅读研究

我们可以从美国学者戴姆斯 2007 年的著作《小说生理学》入手说明何谓文学阅读研究。作者以别出心裁的方式勾勒 19 世纪英国小说对"具身想象"问题的探讨。戴姆斯认为，19 世纪以大众媒体为主要载体的文学批评往往会涉及文学作品对读者产生的效果，文学作者十分关注自身作品对读

---

① I.A. Richards, *Practical Criticism: A Study of Literary Judgment*, Harcourt, Brace and Company, 1929, p. 252.

者的头脑机能的影响。而与此同时，19 世纪生理学也特别关注感官、情感、认知的关系，与当时的各类社会和政治议题交相呼应。因此，我们可以合理而富有创意地将 19 世纪小说的形式特征——情节结构、语句节奏等与同时代的生理学话语对照，挖掘出小说中内含的生理学元素，说明小说如何尝试重新组织人们的意识系统。举例来说，萨克雷的《名利场》（1847—1848）可以被认为是在与 19 世纪中叶生理学中的"注意力"理论对话，它参与了对 19 世纪英国人意识的塑造。小说不仅安排了两条不断游离穿插的情节主线，而且有不少描写虚构人物过分沉浸于阅读或想象的场景，这些形式特征都提醒读者要抵御过分单一的注意力，其不仅与生理学话语共振，而且与 19 世纪出现的阶级关系批判遥相呼应。恩格斯在《英国工人阶级的状况》中指出工人阶级的单调工作使其注意力过分单一，而萨克雷的小说恰恰希望启迪一种分神式阅读来与阶级压迫对峙。[①] 将小说叙事形式的细节与一种意识理论相连并构建出其可能有的政治意义，这是 20 世纪 90 年代开始流行的新历史主义批评的常见思路。但《小说生理学》的创新在于说明小说的政治意义并不仅仅以寓言的方式展现，也通过影响读者"具身想象"的形式和

---

①   Nicholas Dames, *The Physiology of the Novel: Reading, Neural Science, and the Form of Victorian Fiction*, Oxford University Press, 2007.

手段实现，小说的节奏和读者阅读的节奏都具有重要的政治意义。要揭橥文学的意识形态功能，首先要说明文学如何影响意识。

《小说生理学》的研究思路延续发展了文化研究和文学社会学长期以来围绕阅读效应展开的研究。英国文化研究鼻祖理查德·霍加特最早提醒我们要注意普通人的思考能力和情感倾向与他们阅读的内容和如何阅读之间的关系。在《识字的用途》一书中，霍加特指出，"二战"结束后，由于文化商业化的加剧与无处不在的对政治自由主义和享乐个人主义的鼓吹，工人阶级的思想变得狭隘了。迎合工人阶级读者的《家庭周刊》上充斥着故作震惊和低俗的内容。这些读物非但没有引起工人阶级对自身生活的关注，反而分散了他们对日常经验中具有颠覆性的方面的注意。某些杰出的个体可以给工人阶级带来奇特的思考，激发他们对"思想或艺术表达的世界、个人牺牲的世界以及为了一个目标而严格服从纪律的世界"[1] 的反思，而工人阶级却被剥夺了了解他们的机会。随着工人阶级思想的封闭，他们的情感生活也发生了巨大的转变。他们生活的情感基调从怀疑主义变成愤世嫉俗，对精英阶层所宣传的关爱表现出普遍的不信任。在霍加特看

---

[1]　Richard Hoggart, *The Uses of Literacy: Aspects of Working-Class Life*, Cato and Windus, 1971, p. 231.

来，愤世嫉俗不过是早先工会和激进的政治团体所特有的不拘一格残留下来的苍白的影子。

尽管有这些悲观的想法，霍加特依旧保持着一种平衡的立场，并对"二战"之后工人阶级读者的境况提出了两种有些矛盾的观点。一方面，工人阶级在城市化进程中幸存下来，他们没有失去凭借自己的双手进行创造活动和建立自己的交际网络（如地方性的体育运动联盟）的兴趣；另一方面，他们的能动性确实被大大削弱了，随着社会分层的加剧，人们越来越多地被狭隘的智力定义分流，因此工人阶级注定没有多少人有能力对削弱他们的大众媒体进行批判性的思考。

霍加特的思考在很大程度上是从他自己的记忆出发的，他由此不仅提供了"二战"后英国工人阶级读者的集体肖像，而且奠定了文化研究将社会批判和对普通读者心态的研究相结合的基础。霍加特的印象主义方法启发了更多基于经验的研究，这些研究揭示了工人阶级读者令人难以置信的多样性。

乔纳森·罗斯指出，我们迫切需要对读者进行研究，以检验学术界流行的对劳动人民的社会状况的假设。《工人阶级自传》（1989）一书列出了两千份文献书目，并参考了口述历史、教育记录、图书馆记录、社会学调查和民意测验。罗斯的著作《英国工人阶级的知识生活》（2002）以此为基础，对读者个人的精神面貌进行了更具实证性的研究。他声称，作为社会斗争的一部分，劳动人民一直渴望知识上的独立，他们也经常求助于文学经典来争取平等。自学传统从要求直接阅读《圣经》以挑战教会对知识垄断的罗拉德派一直延续到改革后英国的各种平民基督徒，并在 16 世纪 40 年代的清教徒革命中达到高潮。无论哪个派别的平民回忆录，写作者都从《伊利亚特》、弥尔顿和蒲伯那里获得滋养。从维多利亚时代的劳工组织者到第一批工党议员，工人阶级的鼓动者敏锐地意识到印刷品对意识形态和社会结构的挑战性力量。

正如罗斯所展示的那样，工人阶级的阅读者通常没有被教导在阅读文学经典时要将小说与现实区分开来。这并不完全是一个坏消息，这种阅读的方式包含了具有颠覆性的一面。他们经常将自己的生活映射到他们阅读的故事当中，从而使小说变成了具有变革性的寓言。虚构故事对真实性的追求使它们更加容易被当作生活的典范。工党的创始人 G.H. 罗伯茨·罗伯特·布拉奇福德就始终记得十岁时阅读的《天路历程》这本书，并从中提炼出了著名的革命口号"创造一个新的天堂和一个新的地球"（to create a new heaven and a new Earth）[1]。

---

[1]　Jonathan Rose, *The Intellectual Life of the British Working Classes*, Yale University Press, 2010, p. 63.

罗斯虽然主要关注的是工人阶级读者的能动性问题，但其研究结论与霍加特不谋而合，自学运动在 1945 年工党获得压倒性选举胜利时达到短暂高潮，却在战后迅速消失了。罗斯也在揭示阶级意识形态的霸权和阐明使其断裂的可能方式之间保持着不那么稳固的平衡。

珍妮斯·拉德维对 20 世纪 80 年代史密斯顿小镇浪漫小说的女性读者的研究，同样秉承着这一精神。她的研究以及霍加特、罗斯的研究，都让我们看到了意识形态化的文化产品消费者是如何"转换"这些产品，以使它们的功能和意义具有引人注目的开放性的。我们很难概括一本书能够做些什么。拉德维对这种转换能够如何影响现实同样抱不确定的态度，即不确定它们能否被转换成实践或"有意识的抨击"[①]。

这解释了为什么社会学家 M.A. 图马拉·奥拉夫呼吁一种新的阅读的文化社会学，试图将费尔斯基倡导的"新现象学方法"付诸实践。[②] 奥拉夫从一个新的角度探讨了阅读小说为什么以及如何塑造了女性的思想和身体这样一个老问题。她结合了我们在霍加特、罗斯和拉德维那里看到的文化研究的典型取向，进行了一系列实证研究，旨在揭示读者个体的能动性。她利用了三组数据：第一组数据是 2015 年和 2016

---

① Janice A. Radway, *Reading the Romance: Women, Patriarchy, and Popular Literature*, University of North Carolina Press, 1991 , p. 220.

② Rita Felski, *Uses of Literature*, Blackwell Publishing, 2008, p. 14.

年在爱丁堡对十三位女性读者进行的深度访谈；第二组数据来自同一时期一些女性团体的三次会议；第三组数据包括一些女性对"大众观察"（Mass Observation，M-O，始于1937年的一个英国人类学项目）关于阅读和书籍的六十个问题的回答（分别在1993年春季和2009年冬季进行）。在讨论了当前研究阅读文化的社会学方法之后，她建议将文化研究的方法注入社会学方法中，以拓宽我们对文学阅读如何发挥作用的理解。图马拉·奥拉夫从费尔斯基强调的"陶醉的快乐"出发，概述了阅读的三个益处，即"自我理解、道德反思和自我照料"①。她借用肯尼斯·伯克在1938年发表的文章［收录于《文学形式的哲学》（1998）］中的说法，认为这三种益处是"生活的装备"，从而为这三种益处赋予了更大的社会和政治价值。② 这一观点与欧文·戈夫曼的"框架"（frame）概念一样，告诉我们，小说与其他的文学在促进对世界的构思和想象方面具有不可或缺的功能，也因此，它们处于意识形态建构的核心位置。

如果说奥拉夫的研究仍然无法阐明阅读经验如何作用于读者所处的社会环境，以及阅读中产生的思绪和情感如何推

---

① M.A. Thumala Olave, *The Cultural Sociology of Reading: The Meanings of Reading and Books Across the World*, Palgrave Millan, 2022, p.42.

② M.A. Thumala Olave, *The Cultural Sociology of Reading: The Meanings of Reading and Books Across the World*, Palgrave Millan, 2022, p. 19.

动有关社会变革的构想，那么其他学者已经对这个问题做出了初步解答。当代美国学者弗莱彻（与曾执教于纽约城市大学的已故老学者同名）在俄亥俄州立大学领衔的"叙事项目"（Project Narrative）也很值得一提。弗莱彻与神经学家达马西奥等人有过合作，曾综合问卷调查和脑成像技术研究阅读"自由间接引语"对培育想象他人视角能力的正面作用。2022 年，弗莱彻又与新的合作人发表文章介绍他们有关用叙事文学训练创造力的研究，这项研究与本文论述的"具身想象"问题直接相关。文章指出，以往有关创造力的研究一般沿用美国心理学家吉尔福德对创造力的阐释。吉尔福德在 20世纪 50 年代提出"发散思维"（divergent thinking）的说法，指出发散思维的主要表现为"联想、换位（transposition）、概念合成（conceptual blending）、隐喻、引申和再定义"。不过，在弗莱彻看来，这些思维模式仍然基于对词义以及词语搭配规律的分析，因此可以被某种算法模拟，说明当下人文领域和科学领域对创造力的理解还比较狭隘。文章指出，构建叙事所需要的创造力无法被算法取代，假如将叙事转换为算法，那么因果就只能体现为关联，即 a 出现的同时 b 出现，但 a 导致 b 所需要的物理和生理过程却完全隐而不见。缺少了具身性的算法可以模拟"发散思维"，但无法模拟另一种更为重要的创造力，即对可能世界的想象，对"反事实"世界的想象。①作者记录了自己团队设计的三个层面的叙事想象训练，包括对可能世界物质属性的思考，对他人具身视角的揣测，以及对事件及其后果的设定。这三个层面都说明创造力大于"发散思维"，更类似本文提出的"具身想象"。

文学阅读研究的对象还可以从个人扩展到群体。近年来，"创意城市"理念鼓励构建有利于文化创意活动的软硬件基础设施，以创意产业驱动城市发展。复兴大众性的阅读文化，重新壮大"阅读阶层"（Reading Class）无疑是创意城市的基石。很多人指出，大众阅读有利于建立一种"亲密的公共领域"（intimate public sphere），使得一度处于社交回避中的市民通过交流与共享私密的阅读体验形成情感上的联结，逐渐缔造城市中的情感共同体和创造力中枢。

总之，"具身想象"是人类个体和群体自我超越的驱力，它不等同于符号层面的联想和重置。文学与"具身想象"有着内在关联，读者需要调动自己所有的感官知觉和情感经验在脑海中重构文学文本中鲜活的世界，发现这个世界中无所不在的有趣细节，发现它们以自己的方式传送的新世界即将到来或已经到来的暗示。文本阐释就是激活文本细节，在文本中发现无数重叠视角的过程。在这个过程中，读者需要逻

---

① Angus Fletcher, Mike Benveniste, "A New Method for Training Creativity: Narrative as an Alternative to Divergent Thinking", *Annals of the New York Academy of Sciences*, Vol. 1512, No.1, 2022, p. 36.

辑和算法，也需要依赖具身经验赋予我们的常识和直觉。想象的秘方变幻莫测。

二、媒介研究

"媒介"之所以成为文学研究前沿的关键词，是因为抽象的表意和思维需要一定的物理和生理基础。与文学相关的媒介研究一般聚焦于文学与物或人体的关系，包括文学如何呈现身心关系以及文学通过什么样的中介与读者的意识发生关联。

具体来说，这里的"媒介"包括三种内涵：其一是传播媒介；其二是身体和感官；其三是所有与人发生关系的物。从传播媒介的角度来说，媒介研究通常关注文学与出版市场和流通体制的关联。举例说明，文学研究中的戏剧研究分支尤其关注文学体裁与其传播媒介的关系。从媒介研究的视角出发，早期现代世俗戏剧的崛起是演员和剧作家媒介意识生发的时期，此时人们逐渐意识到所谓戏剧角色，是借助舞台这种物质形式而产生的虚构。① 伴随着这种自觉意识的生发，戏剧渐渐不再被视作对真实生活的直接复制，相反，其虚构

---

① "（演员）的职业是一种伪造［……］一种蜕变，把自己从一种形状变成另一种形状"，参见 Samuel Butler, *Characters and Passages from Notebooks*, Cambridge University Press, 1908, p. 248.

性被逐渐强化，戏剧与真实的生活分野愈加明显，看与被看之间的中介空间越发不透明。① 与这种自觉意识相伴随的是戏剧功能的转变。不同于神圣戏剧的宗教功能，世俗戏剧主要服务于日常娱乐，16 世纪末如"环球剧场"等公共剧院的兴起深刻地重构了戏剧的媒介特性。在公共剧场中，种种奇观装置被刻意地用来为观众提供感官刺激，如复仇剧中坚船利炮的巨大声效，极大地唤起了观众的兴奋感，为剧场带来了商业利益，戏剧从业者逐渐意识到利用叙事之外的舞台装置与观众互动的重要性。20 世纪以来，戏剧表演的媒介在戏剧研究中的地位进一步上升。此时，电视、电影等新媒体涌现，肢体与声音的复制成为可能，无论是情节文本、观演关系还是肢体动作，都难再成为解释戏剧媒介特异性的要素。在此背景下，伴随着越发精细的学科专业建制，戏剧从业者和研究者将"剧场研究"作为"戏剧研究"的替代方案以维护戏剧特性。概括来讲，"剧场研究"是对观演过程所依赖的物质媒介的凸显，剧场灯光、声效、装置乃至剧场空间本

---

① 例如大卫·马斯克尔（David Maskell）曾提到 17 世纪的公共剧场在噪声和视线阻挡等层面打破了观众将戏剧当作一种"真实呈现"的幻觉，在纷扰的空间中，观众被训练在符号层面"阅读"虚拟的戏剧。参见林云柯：《"读取—模拟"视角下的戏剧与电影之辨》，《电影艺术》2022 年第 5 期，第 92—101 页。

身都成了定义戏剧媒介特性的要素。[1] 在这个意义上，戏剧被理解为三维的、情景化的、现场的，区别于电视、电影等二维空间的呈现。当然，秉持后现代主义倾向的理论者力图解构戏剧固定的形式和内容，将戏剧重新强调为演员和观众的关系本身，从而将对媒介特异性的讨论转移到对媒介间性（即戏剧在舞台和电视等其他媒介之间的流转）的讨论或对"表演性"的讨论。[2]

首先，从传播媒介的角度来说，对传播媒介的研究有助于推进对彼得·伯克（援引 Robert Redfield）所说的"大传统"（精英文学）与"小传统"（通俗文学）关系的研究。通俗文学和文化具备什么样的文化动能，如何向严肃文学输送养料与资源，是一个长期受关注不足的领域。通俗文学不能被贬为"类型"书写或套路化创作，通俗文学何以广泛流通是一种玄学，充分说明社会整体无法被充分想象的特征。即使今天有了大数据和算法的加持，我们仍然很难预测什么样的写作可以成为"爆款"，流行文化中的"蝴蝶效应"时刻提醒我们因果关系永远超乎任何人的想象。多年前，学者已

---

[1]　例如乔治·福克斯（Georg Fuchs）在《剧院革命》（*Die Revolution des Theaters*, 1909）中坚持将戏剧视为一种特定的艺术形式。他坚持戏剧区别于其他艺术形式的明确标准在于戏剧区别于文本性的动作、声音、音乐、灯光、色彩等。Erika Fischer-Lichte, "I-Theatricality Introduction: Theatricality: A Key Concept in Theatre and Cultural Studies", *Theatre Research International*, Vol. 20, No. 2, 2009, pp 85-89.

[2]　Christopher B. Balme, *The Cambridge Introduction to Theatre Studies*, Cambridge University Press, 2008, pp. 205-208. 何成洲：《表演性理论：文学与艺术研究的新方向》，生活·读书·新知三联书店 2022 年版，第 4 页。

经将通俗文化中的流行元素称为"不明之物"（it）。[①] 在我们这个信息推送技术高度发达的数字媒体时代，通俗和流行会呈现出何种混沌的面貌，而所谓高雅文学如何从中汲取能量（就像 18 世纪以降所有的伟大作家那样），是文学研究必须要直接面对的难题。

其次，从身体和感官角度出发，已经有很多学者讨论不同历史时期文学作品对视觉、听觉和其他感觉的描写，比如乔叟诗歌中的身体感官，浪漫主义诗歌与民谣和听觉文化的关联，20 世纪 30 年代左翼诗歌的身体技术，20 世纪小说中的嗅觉与帝国身份建构的关联等。这些研究本质上都是在思考感官在文学构建的"文本世界"中的重要性，说明身体在意识构成中的媒介作用。由此可以延伸到对当代赛博朋克文学和人工智能科幻的研究。小说《神经浪游者》（1984）和电影《银翼杀手》（1982）提出了这个研究领域的核心问题，即以计算为主要机能的虚拟意识能否具备"身－心"联合体所具备的意识，虚拟意识要与人类意识相当需要什么条件，什么样的结构可以代替肉身这个难以替代的媒介所包裹的"灵魂"。这个核心问题吸引了神经科学、哲学和文学的关注，但至今没有定论。元宇宙概念的走红，根本上也是由肉身与精神如何在虚拟世界彼此交接的问题所驱动的。元宇宙

---

① Joseph Roach, *It*, University of Michigan Press, 2007.

和人工智能问题寄生于新的互联网和生成语言模型技术，但也与长期以来的"具身想象"问题一脉相承。文学作品很早就在思考这样的问题：人们如何凭借想象创造新的世界？是什么样的肉身经验和逻辑思维支撑着堂吉诃德的想象，使他得以杀出日常生活的重围？堂吉诃德面对的"想象"难题能否在新的媒介技术中得到新的解答？抑或被加剧？我们拭目以待。

最后，有关物质环境对意识作用和影响的研究也方兴未艾。物研究已经开展了很长时间，物对建构人类主体和社会结构的重要性已经成为人文学术的常识，但这个领域仍在不断延展。当代人文学界的物研究主要有两种取向：一种是强调物如何表征和承载社会权力关系，也就是说将物视为"一种权力、组织和控制的技术"；[1] 另一种是强调物溢出人类理解和表征系统之外的性能，这也是被我们称为"思辨实在论"（speculative realism）的理论群落的主旨。不过比较深入的物研究一般会将这两种倾向糅合起来。罗兰·巴特在 1954 年发表的一篇论文中针对罗伯·格里耶的小说提出"客体文学"（littérature objective）观念，指出格里耶"新小说"中的物不再是人物内心的表征，不再具有隐藏的深度，成为不

---

[1]　W. J. T. Mitchell, Mark B. N. Hansen, eds., *Critical Terms for Media Studies*, The University of Chicago Press, 2010, p. 282.

受人的意识控制、去时间化的纯粹空间，但这也同时说明意识本身发生了变化，所谓意识不再是身体从物质世界孤立出来后形成的统摄外界的"自我"，而是身体通过弥散的视觉跨越这种区隔，与物质世界重新交融的动态过程。^① 近年来，有关文学与物的研究更加具有跨学科性，文学与艺术学、生态学、建筑学、设计学等互相交融，在跨学科对话中孕育出"氛围美学"（aesthetics of ambience or atmosphere）和"交互美学"（interactive aesthetics）等观念。物质性空间环境与观赏者身体之间的互动构成了一种新的审美体验，或者说极大地延展了审美活动的具身性和物质性，凸显了感性和头脑的精神面向之间的紧密关联。当代文学中的实物书写也参与构筑和探讨"氛围美学"，反复思考物质环境的"可供性"（affordance）。一方面，探讨实物与人如何共同构成一个行动者网络或控制论意义中的信息流动系统；另一方面，探讨物质世界如何超越其工具性功能，在重塑人类认知、情感和审美秩序的过程中产生新的意义。

虽然以上对媒介的理解都将其视为意识的物质条件和基础，但更宽泛地说，媒介是"任何干预、提供条件、做出补充或居于其间"之物，完全可以兼具物质属性和观念属性。^②

① Roland Barthes, "Objective Literature: Alain Robbe-Grillet", in *Alain Robbe-Grillet, Two Novels by Robbe-Grillet: Jealousy and In the Labyrinth*, Grove Press, 1965, pp. 11-26.
② Clifford Siskin, William Warner, eds., *This is Enlightenment*, The University of Chicago Press, 2010, p.5.

比如，我们可以认为，纸币是 18 世纪信用经济的媒介，警察的数据采集是公共领域管理的媒介，语言是不同个体意识之间得以沟通交流并构成社会系统的媒介。不同媒介互相连接和作用，构成充满了随机运动但又会形成稳态的混沌系统。从最根本的意义上来说，研究媒介是为了揭示个体的身心系统和更大意义上的社会机体如何自发构成与演变，如何形成源源不断的自我更新的创造力。

三、数字人文视野下的文本阅读

数字人文是一场阅读革命，本质上是使用机器算法来阅读和分析文本，有时是很快地阅读分析大量文本，有时是阅读分析文本中包含的数量较大的某类数据。机器在某方面的阅读能力可能会超过人类，也可能发展出与人类不同的阅读能力，对文科学者和学生来说，数字人文并不只是令人激动或忧心的学科发展，更是对人类意识的潜能和边界问题进行更深入探索的机遇。数字人文模拟具身人在阅读中发生的认知过程，又发展出自身特点，一方面有助于深化认知诗学，另一方面成为强化和革新人类认知系统的潜在影响源。

机器如何阅读和分析？计数（比如词频统计和人物网络）并进行可视化处理，这些是机器阅读的核心技能，计算机算法在这些任务上有着得天独厚的优势，这是毋庸置疑的。不过，文科人一般总要询问一个更难的问题，那就是：这些计算机拥有的阅读分析能力与人类头脑处理文本信息的能力之间有什么关联？进而我们可以问：在阅读方面，电脑能代替人脑吗？会对人脑形成助力还是威胁，还是兼而有之？

首先，从助力角度来看，人类研究者对文本的解读必然建立在某些假设的前提上，这些假设往往缺乏数据支撑，机器阅读可以帮我们很快地建立这些基本假设和命题的实证性。正如恩德伍德所言，人文研究向来有注重实证性的传统，对实证的需求并不源自数字人文，但数字人文相当契合这个实证传统。[1] 举一例说明。在研究 18 世纪欧洲小说的时候，研究者通常会从这样一个假设出发，即认为此时人们还没有完全建立起虚构叙事可以写实的观念，因此这个世纪出现的标志性小说奠定了虚构小说的写实功能。但我们如何确定这个前提是正确的？那就不能仅仅依靠对几个重点文本的细读，而需要对 18 世纪出版的大部分虚构叙事的写实性做一个统计。这种统计不一定要用到计算机算法，它是一种数学统计。为了实现这一点，首先需要建立数据库，将 18 世纪出版的所有小说都放到数据库中，对出版信息加以归类和

---

[1]　William E. Underwood, "A Genealogy of Distant Reading", *Digital Humanities Quarterly*, Vol.11, No.2, 2017.

标注，随后必须找到一个可以简单确定文本写实性的方法。研究者佩齐曾根据 18 世纪法国出版的虚构叙事指出，我们可以比较简单地从叙事中的主要人物入手来确定小说的写实性。如果叙事中的人物为知名公共人物，那么该文本很难被归为虚构，也就不能称为写实，只能说是纪实；但假如文本中的人物为无名氏，而其生活环境又是与现实比较符合的同时代英国，那么我们可以基本确定这是一部虚构的写实作品。[①] 这样，人类研究者不需要仔细阅读 18 世纪的法国小说，便可以快速验证这些作品是否体现了一种新的文学观念的诞生。同理，学者奥尔从 18 世纪英国出版的叙事作品的标题中去判断"小说"一词在何时变得流行，是否代表了一种与之前叙事观念的断裂。[②] 这两项研究告诉我们，人文研究者需要实证考察，需要对文学类数据进行批量分析，即便不用计算机，这种思维也揭示了数字人文的必要性。

我们只要往前再进一步，使算法成为文学阐释核心工具的研究方法就应运而生了，这就是"计算文学批评"。美国研究者苏真与霍伊特·朗曾通过机器训练，让计算机学会对 20 世纪初美国文学杂志上发表的短诗进行分类，将其中类似

[①] Nicholas Paige, "Examples, Samples, Signs: An Artifactual View of Fictionality in the French Novel, 1681-1830", *New Literary History*, Vol. 48, No.3, 2017, pp. 503-531.

[②] Leah Orr, "Genre Labels on the Title Pages of English Fiction, 1660-1800", *Philological Quarterly*, Vol.90, No.1, 2011, pp. 67-95.

俳句的作品准确辨认出来，以此从量化角度来说明东方诗学对 20 世纪初美国诗坛的渗透和影响，使这个论点更具有实证性。[①] 他们用监督学习的方法向机器传授人类辨认俳句的路径，然后请机器尝试对一定数量的诗作进行分类，并对其分类结果做出从人类读者出发的检验。研究者同时对这些诗作进行分类，并与算法辨别的结果相比较。这项研究一方面使用算法对俳句的影响做出量化计算，另一方面也对机器的阅读能力做出检验，考察机器阅读在按照人类的分类标准进行训练后会与人类阅读者出现什么样的异同点。这项研究告诉我们，人类研究者在使用机器算法进行文本数据分析时，始终处于设计师的统领位置，而且对自己的研究方法保持着切近的反思。他们不断通过各种实验摸索机器阅读与人类阅读的关联与异同。

同样的研究思路出现在很多计算文学批评的实例中。有学者研究如何使用算法来批量区分侦探小说与科幻小说等叙事文类，一方面让机器帮人判定文本类型，辅助人类劳动，另一方面以这样的方式来补充人类视角下对这两种体裁差异的认识，进行理论反思。同样，加拿大学者派博考察《少年维特的烦恼》中的用词规律如何出现在歌德后期的作品

---

① Hoyt Long, Richard Jean So, "Literary Pattern Recognition: Modernism Between Close Reading and Machine Learning", *Critical Inquiry*, Vol. 42, No. 2, 2016, pp. 235-267.

中，并考察词汇特征中包含的隐喻意义。这也告诉人类读者机器在词频统计方面可以做得更精细更准确，能按照人类阅读模式帮助人类处理文本数据，也能拓展人类阅读能力的边界。[1] 许多研究者已经向我们揭示，计算机算法最重要的优势就在于可以挖掘人脑在写作和阅读过程中几乎是无意识处理的大量数据。我们写作时对词汇和标点的使用往往是不假思索的，在阅读时也不会对此太过关注，我们可以让机器帮助我们统计和分析平时我们不注意的标点与代词等这些语法细节，以帮助我们发现人类尚未充分意识到的文本规律。人机互动阅读的潜力是巨大的：首先，这种合作弥补了人类阅读中实证性的匮乏；其次，这整个过程激发了人类研究者的方法论思辨，使他们能反思自身阐释能力的边界，也能尝试突破这种边界。机器阅读并没有脱轨而去与人作对。

尽管如此，仍然有许多人文学者认为数字人文对人类阐释传统构成了威胁。许多有关数字人文的争议都源自有关人类独特的解读方法是否会因为数字人文的崛起而被取消的担忧。人类阐释的特殊之处有很多，不仅体现在时而依赖模糊的直觉中，也经常体现为一种以分析和同情为基础的创造性综合阐释。前者或许贝叶斯统计也能模拟，但后者至今还无

---

[1]　Andrew Piper, Mark Algee-Hewitt, "The Werther Effect I: Goethe, Objecthood, and the Handling of Knowledge", in Matt Erlin, Lynn Tatlock, eds., *Distant Readings: Topologies of German Culture in the Long Nineteenth Century*, Camdem House, 2014, pp. 155-184.

法依靠电脑完成。即便最新的人工智能技术已经拥有了强大的推理能力，也不可能模拟穿透文本"无意识"的具身想象。因此人类人文研究者总想要给数字人文泼冷水，给当下的数字人文研究"找茬"。这种对抗是极其必要的，对数字人文领域的规范化是有益的。不过，激烈对抗的态度也可能固化某些偏见，强化人机区隔，这就有悖批评的初衷了。如前所述，计算机阅读并未呈现出取代人类阅读的趋势，最好的数字人文研究都呈现出一种人机合作的模式，人类研究者利用机器算法，对算法搜集的证据加以创造性综合并由此提出对文本的崭新阐释，完成计算机和人类独自都无法完成的任务。毋庸置疑，数字人文可能会加剧新自由主义和工具主义对人文学科和人文精神的蚕食，不过这些隐患与人类自身的文化观念和社会组织方式有着密切关联，体现的不只是技术的力量，而是社会制度在与技术革新的碰撞中可能产生的问题。技术对人的意识和社会构成有巨大的影响力，但不能说是决定性的因素。

很多人都是人机合作的拥护者，并不无谓地惧怕算法的威胁，也总是尝试保持对社会制度的检省和批判，以他们自己的方式来回应有关数字人文的担忧，并减少其隐患。

研讨专题

1. 我们如何定义情感？文学情感研究的方法和目的是什么？

2. 认知诗学的研究大概有几种路径？主要研究什么问题？

3. 如何将叙事作品分析与意识问题相结合？

4. 文学研究中有哪些前沿领域与"新文科"理念深度契合？

拓展研读

（一）情感研究

1. Jean Mardsden, *Theatres of Feeling, Affect, Performance, and the Eighteenth-Century Stage*, Cambridge University Press, 2019.

2. Sianne Ngai, *Ugly Feelings*, Harvard University Press, 2005.

3. Monique Scheer, "Are Emotions a Kind of Practice (And is That What Makes Them Have a History)? A Bourdieuian Approach to Understanding Emotion", *History and Theory*, Vol.51, No.2, 2012, pp. 193-220.

4. Dan Zahavi, *Subjectivity and Selfhood:*

Investigating the First-Person Perspective, MIT, 2015.

5. 郑毓瑜:《引譬连类:文学研究的关键词》,生活·读书·新知三联书店 2017 年版。

(二)认知诗学

1. Mary Thomas Crane, *Shakespeare's Brain: Reading with Cognitive Theory*, Princeton University Press, 2001.

2. Peter Stockwell, *Cognitive Poetics: An introduction*. Routledge, 2019.

3. Paul Werth, *Text Worlds: Representing Conceptual Space in Discourse*. Longman. 1999.

4. Reuven Tsur, *Poetic Conventions as Cognitive Fossils*. Oxford University Press, 2017.

5. Angus Fletcher, "Another Literary Darwinism", *Critical Inquiry*, Vol.40, No.2, 2014, pp.450–469.

(三)意识研究

1. 大卫·J.查默斯:《有意识的心灵:一种基础理论研究》,朱建平译,中国人民大学出版社 2013 年版。

2. 李恒威:《意识:从自我到自我感》,浙江大学出版社 2011 年版。

3. 刘晓力:《当代哲学如何面对认知科学的意识难题》,

《中国社会科学》2014 年第 6 期，第 48—68 页。

4. 胡塞尔：《现象学的构成研究——纯粹现象学和现象学哲学的观念 第 2 卷》，李幼蒸译，中国人民大学出版社 2013 年版。

5. 倪梁康：《胡塞尔与舍勒：人格现象学的两种可能性》，商务印书馆 2018 年版。

（四）阅读研究

1. Nicholas Dames, *The Physiology of the Novel: Reading, Neural Science, and the Form of Victorian Fiction*, Oxford University Press, 2007.

2. Richard Hoggart, *The Uses of Literacy: Aspects of Working-Class Life*, Cato and Windus, 1971.

3. Janice A. Radway, *Reading the Romance: Women, Patriarchy, and Popular Literature*, University of North Carolina Press, 1991.

4. William A. Johnson, *Readers and Reading Culture in the High Roman Empire: A Study of Elite Communities*, Oxford University Press, 2010.

5. James Raven, Helen Small, Naomi Tadmor, eds., *The Practice and Representation of Reading in England*, Cambridge University Press, 1996.

（五）媒介研究

1. Anna Snaith, ed., *Sound and Literature*, Cambridge University Press, 2020.

2. Franco Moretti, *Distant Reading*, Verso Books, 2013.

3. 格拉汉姆·哈曼：《迈向思辨实在论：论文与讲座》，花超荣译，长江文艺出版社 2020 年版。

4. W. J. T. 米歇尔：《图像学：形象，文本，意识形态》，陈永国译，北京大学出版社 2012 年版。

5. 弗里德里希·基特勒：《留声机　电影　打字机》，邢春丽译，复旦大学出版社 2017 年版。

结　语

叶芝曾在《驶向拜占庭》一诗中说过，任何一所歌唱学院都会"研习它自身辉煌的纪念碑"，讨论西方文论及其用途自然要去阅读在文论使用方面有值得借鉴之处的范文。因此，此书最后虽然没有附上范文，但仍然非常希望读者能够在中文、英文以及其他语种中找到自己心仪的论文范本，在阅读中找到研究论文写作的语感。本书介绍的文学研究方法，即将理论和文本结合在一起的方式，建构了一个原则性框架，但这个框架在不同场景中需要做出不同的调整。论文质量的高下没有绝对的标准，读者们只能不断在写作和投稿的摸索中总结论文写作经验，同时与信得过的师友多交流何谓优质论文，本着客观、公正和开放的心态看待他人的研究。不过，与此同时，我也相信，对文本能做出新颖而对大多数人来说有说服力的解读，是文学研究类论文的金标准。为了实现这个目的，文本与历史语境进行对话，以及与具有更强普遍性的批判理论进行对话是必经之路。我们对词源、词义、句式和其他文本细节的分析只有在一个语境的参照下才会变得通透有力。将文学细节与观念史、社会史和文化史的细节有效地勾连在一起，无论如何都是文学人的必修功课。文学研究的具体路径千变万化、不可穷尽，但其境界高下又是可以在大部分读者的心中找到一柄标尺的。所谓"文章千古事，得失寸心知"，体现的就是一种无标准的标准。

我曾见过许多文学研究方面的"六边形战士"，但研究和写作的目的并不总是达到完美；我也见过很多在阅读和写作中不断推进自身极限并在其中安顿心灵的人。很多人在文学研究中感受到深刻的孤独和焦虑，但这些负面情绪只要能得到控制，也可以成为一种探索的动力。希望这本书能帮助文学研究者将焦虑转化为动力。

这本书讨论的主要是文学研究及其与理论和历史的关联，虽然研究视觉艺术和听觉艺术需要很多新的手段，但它们在原理层面与文学研究是相通的。未来我们需要在学者间建立更广泛的交流合作，以打通对不同艺术门类的研究，也需要每位学者掌握更多跨界的能力，依赖直觉和分析不断勘察话语、具身意识和社会历史互相交接而形成的复杂系统以及这个系统发生的充满规律又充满变数的演化。文学研究还有很长的路要走，可以在时间、空间、媒介和人心等许多维度不断延伸，永远不会枯竭。研究文学是在日常生活和凌空的精神世界之间发现隐秘通道的事业，不断召唤着善于在黑暗中发现和采集光亮的淡定勇士，召唤着我们所有人。